マガツキ

神永学

MAGATSUKI

MANABU KAMINAGA

PHP

マガツキ

[装画コラージュ]
Q-TA
[装丁]
西村弘美

マガツキ　目次

それ——は知らぬ間に、あなたに近付いて来る。
それ——に訊かれても、答えてはいけない。
それ——を見たのなら、逃げなければならない。
それ——が何なのかは、誰も知らない。

第一話　それ

ガタンッ——。

身体に揺れを感じて、私は目を開けた。

人が次々と電車を降りて行く。座席の一番端に座ったまま、ぼんやりとその様子を見ていたのだが、発車を報《しら》せるメロディーが耳に入ったことで、我に返った。ここが自宅の最寄り駅であることに気付き、私は慌てて席を立つ。

電車の扉が閉まる寸前に、何とか電車から抜け出すことが出来た。

いつの間に眠ってしまったのだろう？　記憶を辿《たど》ってみたが、思い出せなかった。

でも、電車で寝てしまうときというのは、とかくそういうものだ。何《いず》れにしても、このところ色々とあり過ぎて疲れているのは確かだ。今日くらいは、早く帰って寝よう。

人の流れに沿って、ホーム脇にある改札を抜けた。

駅前のロータリーを横切り、住宅街を網の目のように走る路地に入ったときには、さっきまで密集していた人たちが、忽然《こつぜん》と消えてしまったのではないかと思うくらい、人気《ひとけ》が無くなった。

閑静《かんせい》というより、静寂と表現すべき路地には、私の靴音だけが響く。

街灯の数が少なく、暗い路地ではあったが、道の両側にアパートや一軒家が並んでいることもあって、さほど怖さは感じない。

近くに、人の生活があるだけで、不安は掻《か》き消《け》されるものだ。

電車が線路を踏む音が、遠くに聞こえた。

ぎぃ——。

児童公園の前を通ったところで、錆《さ》びた金属が擦《す》れるような音がした。

ベンチが一つと、ブランコ、シーソーが置いてあるだけの殺風景な公園だ。昼は、子どもたちが駆け回り、夕刻を過ぎると学生カップルの憩《いこ》いの場となっている。

きっと、思春期のカップルが、ブランコにでも乗りながら、語らい合っているのだろうと思い目を向けた。

だが。

そこには、誰もいなかった。

ブランコが揺れている風でもない。ただの聞き間違いか。再び、歩き出したところで、また、ぎぃ――と音がした。

私は、そこで音の出所が公園でないことに気付いた。

道路の反対側。

街灯と街灯の間の、一際《ひときわ》陰が濃くなったところに、何かがいるのに気付いた。

目を凝《こ》らしてみる。

人のようだった。

髪の長い女の人が、影の中で蹲《うずくま》るようにして座っていた。

体調を崩しているのか、或《あ》るいは、何かしらの発作を起こしたかもしれない。放っておくことが出来ず、私はその影に駆け寄った。

「大丈夫ですか?」

私が声をかけると、その影がゆっくり顔を上げた。

その顔を見て、私は言葉を失った。

まるで作り物のように、しわくちゃで、ごわごわとした肌をしていて眼球が無く、代わりに暗い孔《あな》が空いていた。

おまけに鼻が捥《も》げ、黒ずんだ肉が剝《む》き出《だ》しになっている。

私は、その姿に慄《おのの》き、逃げようとしたのだが、腕を摑まれた。顔の肌とは対照的に、その腕は陶磁器《とうじき》のように硬質で白い色をしていた。

何とか、腕を振り払おうとしたのだが、〝それ〟は、摑む力を強めていく。

みちみちっ――と骨が軋《きし》む音がする。

痛みのあまり、悲鳴を上げようとしたのだが、〝それ〟は、もう一つの手で私の口を塞《ふさ》いでしまった。

そして――。

〝それ〟は、私にぬうっと顔を近付けると、紫色に変色した唇を一切、動かすことなく、耳許で囁《ささや》いた。

その身体――私にちょうだい。

身体に揺れを感じて、私は目を開けた。

電車の乗客たちが、次々と電車を降りて行く。座席の一番端に座ったまま、ぼんやりとその様子を見ていたのだが、発車を報せるメロディーが耳に入ったことで、ここが自宅の最寄り駅であることに気付き、私は慌てて席を立った。

電車の扉が閉まる寸前に、何とか電車から抜け出すことが出来た。

──あれ？

私は、人の波に押されながらも、呆然《ぼうぜん》と駅のホームに立ち尽くす。

──さっき見たのは、いったい何？

困惑したものの、すぐにその答えに行き着いた。あれは夢だったのだ。電車で寝ている束《つか》の間《ま》に見た悪夢。

そう言い聞かせて、歩き出し、改札を抜けたところで違和感を覚えた。

手首に、僅《わず》かではあるが痛みが残っている。

歩きながら袖を捲《めく》ってみると、痣《あざ》のように摑まれた痕《あと》が残っていた。

「夢じゃないの？」

でも、だとしたら、なぜ私は再び電車に揺られていたのだ？　分からない。考えるほどに、ぬらぬらとした粘り気のある汗が掌に滲《にじ》む。

──私はいったい？

ふと気付くと、またあの児童公園の前に来ていた。

ぎぃ──。

聞き覚えのある音に、ビクッと身体を震わせた後、硬直して動けなくなった。

夢では、公園に目を向けたが誰もいなかった。そして、街灯と街灯の間にある陰のところに、あの薄気味の悪い女が潜んでいた。

確かめたいという気持ちがあったが、慌ててそれにブレーキをかける。見てしまったら、全てが終わりな気がした。このまま、何も気付かないふりをして、この路地を抜けてしまおう。

そう思った矢先、また、ぎぃ――と音が鳴った。

私は、反射的に公園の方を見てしまった。

そこには――一人の少女の姿があった。

黒いワンピースを着た十歳くらいの少女が、ブランコに座って、ゆらゆらと揺れている。

さっきの夢と異なる光景だったことに、私は安堵《あんど》した。

同時に、夜の遅い時間に、少女が一人でブランコに乗っていることの不自然さが気にかかった。

親は、どうしたのだろう？　あまり考えたくはないが、虐待を受けて、家から逃げ出したということも考えられる。悪いことばかり想像してしまうのは、職業柄だろう。何れにしても、夜の公園に少女を一人にしておくわけにはいかない。

「ねぇ。どうしたの？」

私は、公園に足を踏み入れると、腰を屈めて視線を合わせてから、少女に声をかけた。

「お姉さんは誰？」

少女は、つぶらな瞳で私を見つめながら訊ねてきた。

「私は、景子《けいこ》っていうの」

私が答えると、少女は首を左右に振りながら、「違うよ」と否定した。

「え？」

「お姉さんの名前は、ルナだよ」

少女は、ブランコから降りて立ち上がった。

噛み合わない会話だが、少女の勘違いだろう。

「そうなんだ。あなたは、ルナちゃんって言うんだね。私の名前は、景子よ」

「違うわ。あなたの名前は、ルナ――」

少女は真顔だった。

「だから……」

「さっき、言ったでしょ。その身体をちょうだいって。だから、あなたはルナなの――」

少女の声音が変わった。

まるで、機械の合成音のように、歪《いびつ》で不自然な響きを持った声だった。

さっきって何時？　身体をちょうだい？　いったいどういう意味？　疑問が渦巻く中、私の脳裏《のうり》に、あの老婆のような皺《しわ》だらけの顔が蘇《よみがえ》った。

それに呼応するように、目の前の少女の顔が、〝それ〟に変貌《へんぼう》する。

その身体――私にちょうだい。

少女が、白い手を私に向かって差し出して来た。

私は、あまりのことに、悲鳴を上げることしか出来なかった――。

身体に揺れを感じて目を覚ました。

人が次々と電車を降りて行く。座席の一番端に座ったまま、ぼんやりとその様子を見ていたのだが、発車を報せるメロディーが耳に入ったことで、ここが自宅の最寄り駅であることに気付き、私は慌てて席を立った。

電車の扉が閉まる寸前に、何とか電車から抜け出すことが出来た。

──夢？

違う。そうじゃない。こんなにも鮮明に頭に残っているのだ。あれが、夢であるはずがない。〝それ〟は、確かにあの児童公園にいた。

でも、なら、どうして私は電車に乗っているのか？

混乱した頭を抱えたまま、私は駅の改札を抜けた。ロータリーの横を抜けようとしたところで足を止める。

さっき見たものが、夢なのか現実なのかは判然としない。だが、もはやそんなものは、どちらでも良かった。ただ、もう一度、あの公園の前の道を歩くことは出来ない。かなり遠回りになるが、私は公園を通らない道を歩き始めた。

時折、周囲を見回してみたが、それらしき影を見ることはなかった。

やがて、自分の住んでいるマンションが見えてきた。安堵からか、少しだけ気が抜ける。

最初から、こうやって別の道を通れば良かった。やはり、私が見たものは、電車で寝た僅かな時間に見た夢に過ぎないのだ。

オートロックのマンションのエントランスを潜り抜け、エレベーターで四階に上がる。外廊下を進んで、二つ目のドアが私の家だ。

玄関の鍵を開け、中に入る。

部屋の電気が点《つ》いていた。

どうやら、今朝、家を出るときに消し忘れたらしい。

パンプスを脱いで、キッチンのある廊下を抜け、部屋に入ろうとしたところで、「おかえり――」と声がした。

「え？」

――何で？

私は、ドアノブに手をかけたところで、完全に固まってしまった。

空耳ではない。確かに聞こえた。私は、一人暮らしだ。家で待っているような友人や、彼氏もいない。では、今のはいったい誰が？

ドアの磨《す》りガラス越しに、部屋の向こうで何かが動くのが見えた。

それは、人のようだった。

影は、ゆっくりとドアに近付いて来る。

私は音を立てないように、音を立てないように後退《あとずさ》る。部屋の中にいる何かに気付かれないように、逃げ出そうとした。

キッチンに置いてあった鍋に服が引っかかり、けたたましい音を立てて床に落ちる。

――しまった。

その音に呼応するように、ドアがぎぃ――と開いた。

黒いワンピースを着た、あの少女が立っていた。

白目の無い、真っ暗な目で私を見据えた後、にいっと三日月のように口角を上げて笑った。

私は、踵《きびす》を返すと、裸足《はだし》のまま家を飛び出した。

外廊下を走り、エレベーターに向かう。幸いにして、エレベーターは四階で停まっていた。

エレベーターの〈下〉のボタンを連打すると、すぐに扉が開いた。中に乗り込み、一階のボタンを押す。

目を向けると、黒いワンピースの少女は、外廊下にいた。

エレベーターの扉が、閉まり始めるのを見て、黒い少女が人間とは思えない猛スピードで走って来る。

逃げようにも、エレベーターに乗ってしまっている状態だと、どうにもならない。ただ、〈閉〉のボタンを何度も押しながら、先に扉が閉まるのを祈るしかなかった。

――お願い！　閉まって！

私の願いが通じたのか、黒い少女がエレベーターに到達する前に、扉が閉まった。

黒い少女は、勢い余ってエレベーターの扉に激突したらしく、重い金属がぶつかり合うような、鈍い音が響いた。

――良かった。

いや、まだだ。黒い少女は、きっと私のことを追って来るだろう。エレベーターで一階まで降りて、近くの家に駆け込み、助けを呼ぼう。

「あれ？」

私は、違和感を覚えた。

エレベーターの扉は閉まったのだが、一向に下降していかない。

——どういうこと？

私の疑問に答えるように、エレベーターが小刻みに揺れ、LEDライトが、ショートしたようにバチバチと音を立てながら明滅する。

次いで、
メキメキッ——と、倒れゆく木々の断末魔《だんまつま》のような音がしたかと思うと、閉まっていたはずの扉が、ズ、ズズッと軋みながら開いていく。あの白い手が、強引に扉をこじ開けたのだ。

そして、開いた扉の隙間《すきま》から、黒い少女が——いや、老婆のような顔をした、〝それ〟が顔を覗かせた。

孔のような目が、私を見据える。

その身体——私にちょうだい。

「いやぁ」

私は、叫び声を上げることしか出来なかった。


身体に揺れを感じて目を覚ました。

人が次々と電車を降りて行く。電車で寝てしまったようだ。違う。そうではない。黒いワンピースの少女の姿が、老婆のような顔に白い手をした、〝それ〟の姿が脳裏に浮かぶ。

〝それ〟は、逃げても、逃げても追いかけて来る。そして、私は必ず電車の中で目を覚ます。いったいどうすればいいの？

発車を報せるベルが鳴る。

本当は、降りなければいけない駅だが、私は席を立たなかった。そうだ。このまま、電車に乗り続ければいいのだ。家に帰ろうとすると、〝それ〟が現れるなら、何処《どこ》か別の場所に行けばいい。

ベルの音が、いつもより長いように感じられた。

人が、どんどん電車を降りて行く。

気付けば、車両の中に残っているのは、私だけになっていた。

――あれ？

そうではない。私の他に、もう一人乗客がいた。

向かいの座席に、黒いワンピースを着た少女が、ちょこんと座っていて、あの白目の無い黒い目で私のことを見ている。

――何で？

私は、急いで電車を降りようとしたのだが、無情にも辿り着く寸前で扉は閉まってしまった。

隙間に指を突っ込み、強引に開けようとしたけれど、ダメだった。

「降ろして！　お願い！」

私は、扉を何度も叩いたが、ビクともしなかった。

モーターの回転速度が上がる音がして、絶望と共に電車が走り出す。

私は、力が抜けて、その場に座り込んでしまった。

ず、ずずっ――。

何かを引《ひ》き摺《ず》るような音がした。

顔を上げると、すぐ目の前に、〝それ〟がいた。

その身体――私にちょうだい。

私は、もう抗《あらが》う気力が失せていた。〝それ〟は、何処までも私を追って来る。何をしても、逃げられない。

だから、私は「はい」と答えた。

〝それ〟が、嬉しそうに笑った。

私の中に、何かが流れ込んできて、意識が薄れる。

やがて、私は、〝それ〟に呑み込まれて、消えていくのだということを知った。

第二話　友だち

1

「ねぇ。陽咲《ひなた》。〝それ〟って知ってる？」

学食で一人、ホットサンドを齧《かじ》っているときに、夏菜《なつな》が声をかけてきた。

「ん？」

私は、訳が分からず辺りを見回してみるが、目立ったものは何もないし、夏菜も何かを指している様子はなかった。

「知らないみたいだね」

夏菜は、そう言いながら私の隣の椅子に座った。

「何の話？」

私は訊ねながら、夏菜の綺麗な可愛らしい横顔に目を向けた。丸顔で童顔の夏菜には、栗色に染めた髪がよく似合っている。

夏菜は、少しもったいつけるような間《ま》を置いてから話し始めた。

「本当に知らない？　最近、ネットの掲示板で騒がれているやつ。名前を出すだけで呪われるから、みんな、〝それ〟って呼んでるの」

「何だ。都市伝説か……」

私は小さくため息を吐いた。

「興味ない？」

「あんまり」

「絶対、陽咲は興味あると思ったんだけどな。ってか、相変わらずノリが悪いな」

落胆《らくたん》したように夏菜が言う。

確かに私はノリが悪い。悪いのはノリだけでなく、他人とのコミュニケーション全般を苦手としている。

私が、対人関係が苦手になったのには、理由がある。

中学生の頃のことだった。友だちのアキちゃんの家にお泊まりに行ったときに、恋バナになり、お互いの好きな人を教え合うという流れになった。

アキちゃんは、同じクラスの雄星《ゆうせい》君だと言った。私は、そのとき、素直にクミちゃんが好きだと答えた。

その瞬間のアキちゃんの顔は、今でも忘れられない。

「それ、本当？」

そのときまで、楽しそうだったアキちゃんが、急に気持ち悪いものでも見るような目を私に向けてきた。ただ、好きな人の名前を言っただけなのに、何で、そんな顔をされるのか、私には全然分からなかった。

その後、お泊まり会は中止になって、私は一人で家に帰ることになった。

翌日には、私が同性愛者だという話が広まっていて、クラス全員から無視され、陰口を言われるようになった。昨日まで、あんなに楽しく話をしていたのに、それが幻だったみたいに、誰も私に近付かなくなった。

意味が分からなかった。私は、確かに男の子ではなく、女の子を恋愛対象として見ている。だけど、だからといって、女の子なら誰でもいいというわけではない。女の子でも、友だちは友だちだと思っていたのに、同性愛者というだけで、同性全部を恋愛対象にしているかのように扱われるのは、本当に心外だった。

ちゃんと伝えようとしたけれど、結局、誰も理解してくれなかった。

以来、私は他人との間に壁を作り、友だちも、好きな人も作らず、ずっと一人で過ごしてきた。少し寂しいけれど、仲良くなってから、無視されるよりは、ずっとマシだった。

大学に入ってからも、それは続くと思っていた。だけど、必修の授業で一緒になった夏菜から、頻繁に声をかけられるようになった。

私は、他人との間に壁を作っていたはずなのに、夏菜は、最初からそんなもの無かったみたいに、するっと懐に入り込んできた。

そうやって、仲良くなっても、私が同性愛者だと知れば、どうせ離れていく。ならば、早い方がいいと思い、私は夏菜にそのことを告げた。

でも、夏菜の反応は、あの時のクラスメイトたちとは、全然違うものだった。

夏菜は「へぇ。そうなんだ」と言っただけで、すぐに別の話を始めてしまった。翌日からも、何ら変わらず、私に接してくれている。

もしかしたら、夏菜も私と同じなのかな？　と思ったりしたけれど、未だに訊けていない。

「どうせ、根拠もなく面白おかしく、騒いでいるだけでしょ」

私は、ポツリと言った。

ネットに転がっている怪談や都市伝説の類《たぐ》いは、だいたいそういうものだ。

「そうでもないよ。〝それ〟に関しては、結構、信憑性《しんぴょうせい》があるんだよね」

夏菜は、そう言うと得意げに、何処《どこ》から拾ってきたのか、名前を出すと呪われるという、〝それ〟に関しての情報を語り出した。

「〝それ〟は、元は殺人事件に巻き込まれて、死んでしまった幽霊なんだって」

「殺人事件？」

「そう。ほら、ちょっと前にあったでしょ。女子高生二人が殺された事件――」

「あったね」

詳《くわ》しくは知らないが、女子高生二人が、惨殺《ざんさつ》されるという事件があったのは覚えている。白昼堂々の犯行だったらしい。確か、犯人は今も逃走中のはずだ。

「あの事件で死んだ女子高生の幽霊が、強い恨みから怨霊化《おんりょうか》したらしいの」

夏菜が、一際《ひときわ》声のトーンを低くした。

――バカバカしい。

私は、言いかけた言葉を呑み込んだ。

「で、身体を失ったことを嘆《なげ》いた怨霊は、自分の代わりになってくれる人を探しているの。それで、身代わりを見つけると、その人のスマホに〈あなたは、選ばれました〉ってメッセージが届くんだって」

夏菜が興奮気味に続ける。

「へぇ……」

幽霊が、スマホを操作して、せっせとメッセージを送っている姿を想像して、私はちょっと笑いそうになった。

「メッセージが届くと、ターゲットの周辺に、少女の幽霊が現れるようになるらしいの。どんなに逃げても、追いかけて来て、最後には……」

夏菜は、一旦言葉を止めると、上目遣いに私を見つめた。

本人は怖さを演出しているつもりなのだろうが、残念ながら夏菜がやると、可愛く見えてしまう。

「どうなるの？」

一応、緊張している風を装《よそお》いながら訊ねる。

「分からない。ただ、見た人は忽然《こつぜん》と姿を消して、それっきり、戻って来なくなるらしいの」

「そうなんだ」

「で、どう？」

「ありきたりな都市伝説だと思う」

率直な感想だった。人が消えるとか、話が誇張されている気がする。

「私も最初はそう思ったんだけど、でも、千尋《ちひろ》先輩のところに、メッセージが届いたんだって」

千尋先輩は同じ学部だが私とは面識はない。ただ、夏菜はバイト先も一緒らしく、仲がいいので、話だけはよく聞いていた。二人は、どういう関係なんだろう？　気になるけど訊けずにいる。

「へえ」

「反応薄いな。〝それ〟からのメッセージが届いたってことは、千尋先輩も、ヤバいってことでしょ？」

夏菜は深刻な顔をしているけれど、正直、眉唾《まゆつば》だと思ってしまう。

千尋先輩が、夏菜を怖がらせるために、嘘《うそ》を吐《つ》いたという可能性も充分にある。

「でもさ……」

「今の話って本当？」

急に男性の声が割り込んできた。

見ると、私たちが座っているテーブルの脇に、一人の男性が立っていた。長身の細面《ほそおもて》で、肩までかかる髪を、後ろで一纏《ひとまと》めにしている。シワの寄ったシャツに、擦《す》り切れたジーンズという出で立ちで、みすぼらしく見える。

「えっと……誰ですか？」

夏菜が訊ねる。

「君たちの話が聞こえたんだ。〝それ〟からのメッセージが届いたって、本当なの？　もしそうなら、詳しく話を聞かせて欲しい」

男性が倍速設定したかのような速口で喋《しゃべ》る。

「いや。会話が嚙み合ってません。私、あなたは誰かって訊いたんですけど」

「単なる噂レベルに過ぎなかったけれど、もし、実際にメッセージを受け取った人がいるのだとしたら、〝それ〟の正体を突き止めるための重要な手掛かりになるはずだ」

あまりに一方的だ。この人は、ヤバい人なのかもしれない。

夏菜も、同じことを感じたらしく、「行こ」と私の手を引いてテーブルを離れた。

その男性は、尚も追いすがって来たが、夏菜が「あんまりしつこくすると、警備員さん呼びますよ」と警告すると、その場で足を止めた。

男性の恨めしそうな視線を浴びながら、私たちは学食を後にした――。

2

「君たちは、〝それ〟を知っているか？　〝それ〟は、あらゆるところに潜んでいて、おれたちを監視している。何で、そんなことをしているかって？　〝それ〟は、身体を欲していて、そのターゲットとなる人物を探しているのさ。そして、〝それ〟に選ばれると、突然、スマホにメッセージが送られてくるんだ。〝それ〟に見つかったら、どんなことをしても、逃げられない。延々と追いかけられるんだ――」

黒いフードを被り、サングラスに黒いマスクで顔を隠した男が、画面に向かって速口で語っている。

帰宅してから、夏菜の話が何となく気になって、〝それ〟についてネットで検索したところ、この動画がヒットした。

〈怪異蒐集録《かいいしゅうしゅうろく》〉というサイトの運営者らしく、自分のことをショウと名乗っているが、それが本名かどうかは定かではない。

掲示板の運営の他に、怪談の考察を語る動画を配信しているサイトだ。もしかしたら、夏菜の話の情報の出所は、この〈怪異蒐集録〉なのかもしれない。

「〝それ〟が何なのか、その正体は不明だけど、おれは、一つの情報を得た。もちろん、出所は言えないが、信頼出来る筋からの情報だ。〝それ〟は、一ヶ月前に起きた殺人事件に関係している可能性がある。そう。女子高生二人が惨殺されたあの事件だ。おれが思うに、殺された少女たちが怨霊と化して……」

私は、動画の再生を停めた。

考察っぽく語っているけれど、情報の出所が曖昧《あいまい》だし、論拠《ろんきょ》が明示されていない。内容は薄っぺらい噂話の域を出ない。

――バカバカしい。

「アルテミス。ちょっと寒い」

私は、大きく伸びをしながら、スマホと連動した音声アシスタントＡＩのアルテミスに呼びかける。

〈エアコンの温度設定を上げます〉

アルテミスからの返事と共に、電子音がして、エアコンの温度が上がった。

この機能も、時代が違えば心霊現象として扱われていたかもしれない。便利になっても、前時代的な都市伝説は無くならないんだな――と妙な感慨を抱いていると、MMORPGのギルドメンバーから、限定イベントに参加しようという、誘いのメッセージが届いた。

テスト期間なんかも重なり、このところログインすらしていなかった。

すぐに快諾《かいだく》の返事をしてログインすることにした。

私のIDはSUNNYで、単純に、陽咲を英語に訳しただけだ。アバターは、白髭を生やした魔術師。

MMORPGの世界では、性別も年齢も関係ない。現実世界より、ネットの方が、煩《わずら》わしいことがなくていい。

待機室である酒場に行くと、なぜかチャットでは、〝それ〟に関する話題で盛り上がっていた。

さっき、私が見ていた〈怪異蒐集録〉のサイトを、他のメンバーも見ていたらしい。

私は、迷いながらも、大学の先輩に〝それ〟からのメッセージが届いたらしい――という話をしてみた。

もしかしたら、何か有益な情報が得られるかもしれないと思ったのだが、みんな興奮して騒ぐだけで何も得られなかった。

結局、その話題も長くは盛り上がらず、ギルドのメンバーでモンスターを討伐して解散した。

ログアウトしようとしたところで、ギルドメンバーのARMSから、個別のメッセージが届いた。メッセージを開いてみると、〈さっき話をしていた、先輩のことについて、詳しく教えてもらえませんか？〉と記されている。

　個人の人格は知らないが、ＡＲＭＳのプレイスタイルは冷静沈着で、指示も的確。あまり感情的にならないクールなタイプだと思っていた。さっき、チャットで〝それ〟の話題で盛り上がっていたときも、積極的に参加してこなかったので、こういうメッセージを送ってくるのは意外だった。

〈ただ噂で聞いただけなので、あまり詳しくは知りません。何か分かったら、メッセージ送りますね。どうして、〝それ〟に興味を持ったのですか？〉

　私が返信すると、すぐにＡＲＭＳから〈よろしくお願いします〉と返信があった。

　なぜ、興味を持ったのかについては、完全にスルーされてしまった。

　マグカップに入った、冷めた紅茶を口に含んだところで、突然、パキッと何かが割れるような音がした。

　窓の外に目を向けると、黒い影のようなものが、ゆらゆらと揺れているのが見えた。煙《けむり》のようでもあり、人のようにも見える。

　こんなのは、ただの気のせいだ。

　私は、立ち上がって遮光カーテンを閉め、何も見なかったことにした。

3

「陽咲。ヤバいかも——」

月曜日、朝一の講義を受講するために、大学の正門から続く遊歩道を少し行ったところで、夏菜が待ち構えていたように駆け寄って来た。

あまりの慌てぶりに、私の方が困惑してしまう。

「どうしたの？」

私は、夏菜に声をかけるが、彼女は、よほど混乱しているのか、なかなか言葉が出てこない。

近くにあったベンチに座るように促し、二人で並んで腰を下ろす。

何回か深呼吸をしたところで、ようやく落ち着きを取り戻したらしく、夏菜が喋り始めた。

「千尋先輩と、連絡が取れなくなってるの。メッセージを送っても、電話しても、全然繋《つな》がらなくて……」

「え？」

「ほら。千尋先輩って〝それ〟からのメッセージが届いたって言ってたでしょ。だから……」

夏菜は、震える手を握り合わせて、自分の胸に押し当てた。

連絡が取れなくなっただけで、こんなに動揺するなんて、やっぱり二人は特別な関係なのかもしれない。

「単に、忙しくて連絡取れないだけじゃないの？」

「私だって、最初はそう思ったよ。だから、他の人にも訊いてみたの。だけど、みんな知らないって。それに、バイトも無断欠勤してるんだよ。今まで、そんなことなかったのに……」

「体調崩してるとか？」

「私もそれ考えたよ。で、今朝、千尋先輩の家に行ったの。そしたら、家の人たちも、捜しているみたいで、結構な騒ぎになっていたの」

夏菜が、早口にまくし立てる。

確か、千尋先輩は実家暮らしだった。その家の人が、行方不明だと認識しているのだとしたら、本当に何かあったのかもしれない。

これまで、単なる噂話だと思っていたが、こうなるとその考えは改めなければならない。

「警察には？」

「家の人が、相談に行ったみたい」

「そうなんだ……」

「それにね……昨日、私にも来たの……」

夏菜が、震える声で言った。

「何が？」

私が訊ねると、夏菜はスマホを差し出してきた。

画面には、SNSのDMのメッセージが表示されていた。

あなたは、選ばれました

そのメッセージと併せて、白い箱のような建物の写真が添付されていた。

差出人は、MITSUKIという人物だった。

「この人、知ってるの？」

私が訊ねると、夏菜は首を左右に振った。

アイコンを確認してみると、一人の女性が映っていた。年齢は三十代くらいだろうか。とても綺麗な女性の画像だった。

フィッシング詐欺の類いかと思ったが、リンク先に誘導するようなＵＲＬもなく、返信を求めているわけでもない。ただ、メッセージを送ってきているだけだ。

「私、どうしたらいいかな？」

夏菜が、目に涙を浮かべて懇願《こんがん》してくる。

だが、そんな風に問われても、私に出来ることなんて何もない。

「ちょっと、それ見せて」

いきなり声がして、夏菜のスマホが取り上げられた。

見ると、この前学食で声をかけてきた、あの男性だった。

「返して下さい」

夏菜が、スマホを取り返そうとするが、その男性は、それを押しのけるようにして、スマホの画面を凝視しながら「ちょっと待てよ。もしかして、ここって……」と、何かを納得したように呟《つぶや》いている。

「いい加減にして下さい。いきなり、何ですか？」

怖さはあったけれど、私も我慢《がまん》出来ずに抗議の声を上げる。だが、それでも男性は、スマホを返そうとはしなかった。

「誰か！　助けて下さい！」

夏菜が金切り声を上げると、周囲の人たちが、何事かと集まって来た。

騒ぎが大きくなり、拙《まず》いと思ったのか、長髪の男性は、夏菜にスマホを返すと逃げるように立ち去って行った。

4

大学から自宅への帰り道も、ずっと夏菜の話が頭の中を回っていた。

千尋先輩だけではなく、夏菜にまで変なメッセージが届いたとなると、放ってはおけない。でも、〝それ〟が実在するとして、私に何が出来るだろう？

考えを巡らせているときに、ふと誰かに見られているような視線を感じた。

そちらに目を向けると、そこは高校の近くにある小さな児童公園だった。

ベンチが置いてあって、コンクリートで造られた公衆トイレが設置されている。そのトイレの入り口は、〈立入禁止〉の札のかかったロープで閉鎖されている。

一ヶ月前に起きた殺人事件で、二人目の女子生徒の死体が発見された場所だ。本当か嘘《うそ》か分からないけれど、手足が千切れた状態だったらしい。

それまでは、この公園は賑《にぎ》やかだったのに、今はがらんとしている。本当は、この公園を突っ切ると、自宅マンションへの近道なのだが、私も遠回りをして帰るようになった。

とにかく、早くここから立ち去ろう。

私は視線を足許に落とし、逃げるように公園脇の道を抜け、ぐるりと路地を回って自宅マンションのエントランスに駆け込んだ。

エレベーターで四階に上がり、自分の部屋に駆け込んだところで、ようやく動悸《どうき》が治まった。

部屋の電気を点けたところで、スマホにメッセージが届いた。

ギルドのARMSからだった。

個別メッセージのやり取りがあってから、〝それ〟に関して、調べたことを情報交換するようになった。

今朝、夏菜に届いたメッセージと画像も、スクショして送ってもらい、それをARMSにも共有しておいた。

送ってもらった画像について、色々と調べてみました。現段階では、何も分かっていません。ただ、これは巷《ちまた》で騒がれているような、霊的なものとは違う気がします。

どうして、そう思うのですか？

現段階では、ぼくの仮説に過ぎません。ただ、〝それ〟がとても危険なものであることだけは、間違いありません。

この噂が、本当だと信じているのですか？

以前に、仰っていた千尋という女性についてですが、行方不明届が提出されていることは間違いありません。警察も、特定失踪者として、捜索をしているという情報もあります。

――あれ？

私は、ＡＲＭＳの返答に、違和感を覚えた。

彼（おそらく）の年齢も職業も知らないけれど、このメッセージの内容だと、まるで警察の情報を把握《はあく》しているかのようだ。どうしてそんなことが可能なのか？　彼は、現職の警察官――という可能性が頭に浮かんだが、それはすぐに却下《きやっか》した。

もし、現職の警察官なら、顔の見えない一般人に、捜査情報を流すはずがないのだ。

突然ですけど、仕事って何してますか？

学生です。

言葉遣いから、てっきり社会人かと思っていたが、私たちと大差がないようだ。でも、だとしたら余計に、どうして警察の情報を持っているかが分からない。

何だか、急にＡＲＭＳの存在が、不気味なものに思えて、それ以降、メッセージを返すことが出来なかった。

その夜は、疲れもあって、いつもより早く就寝した。

どれくらい眠っていたのだろう。枕元に置いたスマホの振動音で目を覚ました。画面に表示されていたのは、夏菜の名前だった。

私は、目を擦《こす》りながらも、スマホを手に取ると、電話に出た。

「もしもし」

〈陽咲。助けて〉

震える夏菜の声を聞いて、一気に目が覚めた。

「どうしたの？」

ベッドから起き上がりながら訊ねる。

時計に目をやると、午前五時だった。窓の外が、薄《うっす》らと明るくなり始めている。

〈私、もう耐えられない……もう、やだよ。私も〝それ〟に連れて行かれるんだ。千尋先輩みたいに……〉

電話の向こうで、夏菜が泣きじゃくっていた。

私は、辛抱強く夏菜を落ち着かせてから、改めて何があったのかを訊ねた。

夏菜が言うには、異変は家に帰ってから起きたらしい。最初は、テレビにノイズが走ったり、物音が聞こえたりだけだったのが、その後家のインターホンが鳴り、モニターを確認すると、エントランスに黒いワンピースを着た少女が立っていたのだという。

そして、その少女は、

その身体――私にちょうだい。

そう言ったらしい。

助けを求めて私に電話しようとしたが、今度は、スマホに〈どうして、出てくれないの？〉というメッセージが届くようになった。

夏菜は、半狂乱のまま夜を過ごし、明るくなるのを待って、私に電話をしてきたのだった。

私は、「すぐ行くから」と伝えて、取り敢《あ》えず夏菜のマンションに向かった。

マンションの前に辿り着くと、夏菜が、エントランスから出て来た。いつも明るい夏菜が、すっかり憔悴《しょうすい》してしまった姿は、見ているだけで痛々しかった。

「大丈夫？」

私が声をかけると、夏菜は泣きながら抱きついてきた。

一瞬、どうしたらいいか分からなかったけれど、私も、夏菜を強く抱き締めた。

こんな風に、女の子と抱き合っていることが新鮮で、不謹慎だけど、凄く嬉しかった。

5

夏菜は、あの後、友人の家に避難することになった。

本当は私の家にこのままいてもらおうとした。夏菜もそうしたいと言ったのだが、私はバイトが入っていた。

代わりの人を見つけられなかったので、どうしても行かなければならない。しかも夜の時間帯だ。その間、夏菜を部屋に一人で残すことになってしまう。

そこで、夏菜が他に一緒にいてくれる友だちを探して、そこで一時的にお世話になり、私がバイトが終わり次第合流することになった。

私は、バイト中も夏菜のことが気にかかって、凡ミスを繰り返すことになった。彼女のことが心配というのもあったけれど、夏菜と一晩一緒に過ごすということに、複雑な心境を抱えていたというのもある。

バイトを終え、スマホを確認すると、夏菜から着信履歴があった。

メッセージも届いていた。

〈千尋先輩から、連絡がきた。例のやつは、ただの悪戯《いたずら》だったみたい〉

メッセージには、喜びを表現する絵文字が大量に並んでいた。

〈どういうこと？〉

私は、すぐに返信した。

〈千尋先輩は、体調を崩して休んでいただけなんだって。あのメッセージも、遊びで送られたものらしいよ〉

――本当にそうなのだろうか？

〈今から、千尋先輩に会いに行ってくるね～〉

〈気を付けてね〉

私のメッセージに、感謝を表現するスタンプが送られてきた。

釈然《しやくぜん》としない部分はあるが、夏菜が元気になったのなら、それで良かった。確かに、奇妙な話ではあったけど、悪戯だったと言われれば、それで納得する部分もある。

――本当に納得出来る？

私はスマホを持ったまま歩き出したが、妙な引っかかりを覚えた。

夏菜は、千尋先輩と連絡が取れたことで、安心しきってしまっているようだが、本当にそれでいいのだろうか？

疑問はそれだけではなかった。

千尋先輩は、体調不良で大学とバイトを休んでいただけだったと夏菜は言っていたけれど、彼女自身が実家に足を運び、家族から行方不明になっている旨を聞かされたのではなかったのか？

ＡＲＭＳも、千尋先輩は、特定失踪者として警察が捜索していると言っていた。

――何かがおかしい。

私は、直接、夏菜と話したいと思い、彼女のスマホに電話をしてみたが、電波が繋がらないという、機械のメッセージが流れてくるだけだった。

取り敢えず、〈話したいことがある〉とメッセージを送ったところで、背中にじっとりとした視線が絡みつくのを感じた。

気付けば、そこは例の児童公園の前だった。

見てはいけない――そう思いながらも、視線が公衆トイレに引き寄せられる。

そこに、立っている人影が見えた。

身体を隠すようなロングコートを着ていて、頭にはすっぽりとフードを被り、顔は判然としない。

——どう考えても怪しい。

私は、スマホで一一〇を押し、あとは発信するだけの状態にすると、駆け足で自宅マンションに向かった。息を切らしながらも、何とかマンションに辿り着き、オートロックを解除して、エントランスに入った。

エレベーターのボタンを押し、おそるおそる振り返ると、さっきのフードを被った人が、エントランスの向こうに立っていた。

スマホを握る手に、じっとりと汗が滲《にじ》む。

エレベーターが到着するまでの時間が、とても長く感じられた。待っている間、ずっと背中に視線が突き刺さっている気がした。

ようやく到着したエレベーターに飛び乗ると、自分の部屋がある四階と〈閉〉のボタンを押した。

エントランスを視界に入れないようにしていたのだが、扉が閉まる瞬間、目を向けてしまった。

フードを被った人物が、真っ直ぐに私を指差したような気がした。

エレベーターが四階に到着すると、扉をこじ開けるようにして外廊下に出た。そのまま、走って部屋に飛び込み鍵をかけると、安堵《あんど》から、その場にへたり込んでしまった。

何だか耳鳴りがする。

電気を点ける気にはならなかった。

もし、そんなことをすれば、フードを被った人物に、自分の部屋の所在を教えることになってしまう。

私は、慎重に玄関に移動し、ドアスコープから外を覗き見た。フードの人物の姿は見えなかった。

――良かった。ついて来てはいないようだ。

私は、そのまま身体を引《ひ》き摺《ず》るようにして、ユニットバスに入り、洗面台に両手を突いて項《うな》垂《だ》れた。

さっきの人物は、いったい何者だったのだろう？　考えを巡らせようとしたのだけれど、全然、頭が回らなかった。

ただ、フードを被った人物に、見覚えがあるような気がしてならなかった。

顔が見えなかったのに、どうして、そんな風に思ったのか、自分でもよく分からなかった。

――もしかして。

私は、頬にかかった髪を掻き上げたところで、既視感の正体に気付いた。

すぐに部屋に戻り、ノートパソコンを立ち上げると、〈怪異蒐集録〉のサイトを開いてみる。

昨日の二十三時付けで、最新の動画がアップされていたので、それを再生させる。

『皆さん。こんばんは。ナビゲーターのショウです。実は、今日は、視聴者のみんなに、重大

な事実を伝えなきゃならないんだ――』

ショウは、顔にかかった髪を、耳にかけながら画面に向かって語りかけてくる。

前に見た動画は、室内だったが、今回は外にいるらしく、画面がやたらと暗い上に、雑音が酷《ひど》かった。

『おれは、〝それ〟の居場所をついに突き止めたんだ。きっかけは、ほんの偶然だった。友人が、〝それ〟からのメッセージを受け取ったのを見せてもらったんだ。噂では、〈あなたは、選ばれました〉というメッセージだけだったんだけど、実際はそうじゃなかった。建物の画像が添付されていたんだ。おれは、その画像の場所を突き止め、〝それ〟の正体を突き止めるために、こうやって足を運んだ……』

こうして、喋っている姿を改めて見て確信した。大学で、やたらと声をかけてきた、あの男性こそが、〈怪異蒐集録〉のショウに違いない。

動画では、友人にメッセージが届いたことにしているが、実際は、いきなりやって来て、無理矢理理夏菜のスマホを取り上げた。

それだけではない。さっき、私の後をつけてきた人物も、何処となくこのショウに似ているように思えたが、確証は持てなかった。

流しっぱなしにしていた配信動画から、〈うわぁ！〉という悲鳴が聞こえてきた。

目を向けると、ショウは走っているらしく、ガタガタと音を立てながら画面がめちゃくちゃに動いていた。

やがて、持っていたスマホを落としたのか、薄暗い天井を映し出す。

〈止《よ》せ！　止めてくれ！〉

ショウのその叫び声の後、まるで断末魔のような悲鳴が響き渡り、画面がブラックアウトした。

「バカバカしい」

思わず声が漏れた。

出来の悪いフェイクドキュメンタリーだ。あたかも、何かに襲われたかのように演出することで、再生数を稼ごうという魂胆なのだろう。こんなものに騙されるほど子どもではない。

何《いず》れにしても、〝それ〟にまつわる騒動は、ショウによる茶番である可能性が極めて高い。

千尋先輩が悪戯だった――と言っていたのは、そういうことなのかもしれない。

本当に、単なる悪戯だろうか？　ショウが怪異に見せかけて、気に入った女性を拉致《らち》しているという可能性も考えられる。

警察に連絡した方がいいのだろうか？　いや、現段階では、証拠が何一つない。

私は考えた末に、自分の推理を纏《まと》めてARMSにメッセージとして送ることにした。

返信はすぐに来た。

ショウさんは、〝それ〟とは無関係です

あまりに断定的な言い方に、違和感を覚える。

どうしてそう言い切れるのですか？

ショウさんの配信した動画を見ていました。彼は被害者の一人です。

——あんな子ども騙しのフェイクを信じるの？

私も見ましたが、あれは、ただの演出だと思います。

一つ確認です。ショウさんらしき人に尾行《びこう》された時間は、何時頃ですか？

バイトの後の帰り道だったので、二十一時過ぎだと思います。

今、上がっている動画は、生配信のアーカイブです。実際に配信されていたのは、二十時四十五分から、二十一時までの間だったと思います。

「あっ！」

ＡＲＭＳの言わんとしていることが分かった。

ショウは、生配信中だったので、私のことを尾行することは出来なかった。では、いったい誰なのか？

急に怖さが込み上げてきて、放心していると、続けてＡＲＭＳからメッセージが届いた。


ＳＵＮＮＹさんは、今、家ですか？　出来れば、住所を教えて下さい。ぼくの勘が正しければ、あなたは非常に危険な状態です。警察の人を、そちらに向かわせます。


――この人は、いったい何を言っているの？

ハンドルネームしか知らない人物に、住所を教えるなんて、あり得ない。それにＡＲＭＳは、学生だと言っていたはずだ。ただの学生が、警察を動かせるはずがないのだ。

私の疑問は、やがて一つの結論を導き出した。

今、私がやり取りしているＡＲＭＳとショウは、同一人物なのではないか？

深い根拠があるわけではないが、一度、そう考え始めると、もうそうとしか思えなくなった。

混乱する私の思考を遮《さえぎ》るように、スマホに新たなメッセージが届いた。


あなたは、選ばれました。

思わず、ぎょっとする。

——どうして？

メッセージだけでなく、夏菜のときと同じように、白い箱のような建物の写真が添付されていた。背景に、青い月が映り込んでいるのも、夏菜のときと同じだ。

「何なの？」

呟くのと同時に、インターホンが鳴った。

インターホンのモニターに目を向けると、そこには、黒いワンピースを着た少女が立っていた。

白い肌をした顔に、笑みを浮かべているが、それは作り物のように無機質だった。

——嘘でしょ！

怖さのあまり、応答することなど出来なかった。インターホンのモニターのスイッチを切ると、ベッドに逃げ込んだ。

——いったい何なの？

まさか、あの都市伝説が、本当だったとでも言うのだろうか？　いや、そんなはずはない。何かの間違いだ。そう自分に言い聞かせることで、幾分、気持ちが落ち着いてきたのに——。

再びインターホンが鳴った。

今度は、エントランスのものではなく、部屋のドア前のインターホンだ。

おそるおそるドアスコープを覗く。そこには——エントランスにいたはずの、黒いワンピースの少女が立っていた。

遂《つい》に、〝それ〟が私のところにも来たのだ。

混乱していると、話しかけてもいないのに、呼びかけてもいないのに、スマホの音声アシスタント機能が起動した。


どうして、アけてくれないの？　ねえ。アけてよ。キミはエラばれたんだよ。

私は、ただ悲鳴を上げることしか出来なかった——。

6

私はベッドに座り込み、頭から毛布を被ってガタガタ震えながら朝を迎えた。

もう、どうしていいのか分からなかった。

あの後、警察に電話しようかと思ったが、なぜか、スマホの電波は圏外になってしまっていて、電話をすることが出来なかった。

パソコンのインターネットを通じて、助けを求めようとしたのだが、文字化けした画面が表示されるだけで、全く操作が出来ない。固定電話もないし、外部との連絡手段が完全に断たれてしまったのだ。

スマートウォッチには〈心拍数が多くなっています　深呼吸をしましょう〉というメッセージが何度も表示されるが、この状況では、どうにもならない。

外に出て誰かに助けを求めることも考えたが、黒いワンピースの少女がいると思うと、怖くてドアを開けることさえ出来なかった。

――私は、どうしたらいいの?

内心で呟いたところで、再びインターホンが鳴った。何か映るかもしれない。そう思うと、モニターを確認するのもためらわれた。

両耳を塞《ふさ》いで、「来ないで」と何度も念じ続ける。

それを嘲《あざけ》るように、二回、三回と続け様にインターホンが鳴る。

私は、叫びながら近くにあったクッションを、インターホンめがけて投げつけた。呼吸が乱れる。

「うるさい!」

もう、何が何だか分からず、半ばパニック状態だった。

――どうして、私がこんな目に遭うの?

ホラー映画などで、酷《ひど》い目に遭う人間は、必ずその理由がある。禁忌《きんき》を破ったり、はたまた、事故物件に住んでいたり――そういうことがきっかけで襲われる。

でも、私には狙われる理由など一つもない。

ある日、突然、何の前触れもなく、〈あなたは、選ばれました〉と一方的なメッセージが届くなんて、あまりに理不尽過ぎる。

零《こぼ》れ落ちた涙を拭っていると、さっきまで通話不能だったスマホに、メッセージの着信があった。

思わず「ひっ」と小さく悲鳴を上げたが、表示された名前を見て、慌ててメッセージを開く。

差出人は、夏菜だった。

さっき、家に行ったんだけど、今、いないの？

あのインターホンは、夏菜だったの？　私は、すぐに夏菜に電話をかける。

「もしもし」

〈おは。暗い声して、どうしたの？〉

「どうしたのじゃないよ。夏菜、急に連絡取れなくなるし、私の方は、何だか変なことが、いっぱい起きるし……」

喋りながら、また、ぼろぼろと涙が零れてきた。

〈ごめん。ちょっと、忙しくて連絡出来なかったんだ〉

「私、てっきり夏菜に何かあったのかと思って……」

〈まさか。陽咲は大丈夫なの？〉

「分からない。でも……」

私は、昨晩までに起きた出来事を、早口に夏菜に語って聞かせた。返ってきたのは、笑い声だった。

「笑い事じゃないよ。フードを被った人とか、黒いワンピースの女の子とか、もう本当に怖くて……」

〈多分、陽咲は夢でも見てたんだよ〉

「あれが夢？　そんなはずない。だって……」

〈大丈夫だって。例の〝それ〟とかいうやつも、実は全部、嘘だったんだよ〉

「嘘？」

〈そう。ドッキリみたいなことだよ〉

「そうなの？」

〈めっちゃ手が込んでるよね。私も、すっかり騙されたわ〉

夏菜が明るく言った。

本当に、あれは悪戯だったの？　だとしたら誰が？

色々と考えようとしたけれど、寝不足のせいか、思考が上手く働かない。

〈それより、今、千尋先輩と一緒にいるんだけど、陽咲もおいでよ。ちょっと、相談したいことがあるからさ〉

「え？　あ、でも……」

〈例の画像の建物なんだけど……場所分からないよね。今から住所を送るから、絶対に来てね〉

夏菜は明るく言うと、電話を切ってしまった。

その後、すぐに住所が記されたＵＲＬが届いた。地図で確認すると、丘の上にある、何かの施設らしき建物だった。

外に出て大丈夫だろうか？　そんな疑問が浮かんだが、今はとにかく一人でいたくなかった。

よろよろと立ち上がり、簡単に身支度を済ませると、ドアスコープで外の様子を窺《うかが》った。

誰もいない。

おそるおそるドアを開けてみる。

太陽の光が眩《まぶ》しかった。

光の強さに、くらくらしながらも、私は指定された住所に向かって、黙々と歩いた。

まるで、雲の上を歩いているような、奇妙な感覚だった。

頭痛が治まらない。

何処を、どう歩いたのか、自分でもよく分からないけれど、気付いたときには、白い箱のような建物の前に辿り着いていた。例のメッセージに添付されていた建物の画像と一致する。

ここで間違いなさそうだ。

取り敢えず、スマホを取り出し、夏菜に電話をする。

「着いたよ」

〈鍵は開いてる。正面から入って来て。中にいるから〉

「分かった」

言われるままに、正面玄関の扉を開けた。

白い壁に囲まれた廊下が奥へと通じている。窓が無いせいか、明るい時間だというのに、突き当たりが見えないほどに暗かった。

「夏菜。何処にいるの？」

私は、声を上げながら、真っ直ぐに延びる廊下を進んで行く。

奥に進むにつれ、空気が重くなっていくような気がした。

突き当たりで廊下は左に曲がっていて、その奥の廊下の左側にはスライド式の扉が等間隔に並んでいた。

廊下を曲がろうとしたところで、スマホにメッセージが届いた。差出人はARMSだった。

昨晩のことが脳裏《のうり》を過《よぎ》ったが、あの出来事が夢なのかどうかを確かめることが出来るかもしれないと、メッセージを開いた。


SUNNYさん。無事ですか？　〝それ〟の正体が分かりました。とても危険な存在です。〝それ〟は、あらゆるところに入り込み、人を惑わせ、自分の領域に引き込もうとします。間違っても、家から出ないで下さい。


メッセージを見るなり、私の頭の中にかかっていた靄《もや》が、すっと晴れたような気がした。

――あれ？　私は、何でこんなところにいるんだっけ？

こんな薄暗い場所に、一人でのこのことやって来るなんて、どうかしている。

でも、夏菜は信用出来る。

だって、他人と違う私を受け容れてくれた人だから。

「私は……」

呟く声を遮るように、カツン、カツン――と床を鳴らす音が響いた。

金属で床を叩くような奇妙な音――。

顔を上げると、廊下の途中にある扉が開いていて、そこから夏菜が顔を覗かせていた。

「陽咲。こっちだよ」

夏菜が笑みを浮かべながら手招きしている。

「夏菜」

私は、急いで彼女の許に駆け寄り、その身体を強く抱き締めた。

「ちょっと。どうしたのよ」

「だってさ……」

涙が零れてきて、その先は言葉にならなかった。

変なことがたくさんあって混乱していたけれど、こうして夏菜と会えたのだから、それで良しとしよう。

自分自身にそう言い聞かせる。

「そうだ。陽咲。ここで、ちょっと待ってて」

夏菜はそう言い、私から離れると、部屋から出て行こうとする。

「ちょっと夏菜」

私が慌てて呼び止めると、夏菜は入り口の扉のところで足を止め、ゆっくりと振り返った。

その表情は、笑っているようでもあり、泣いているようでもあった。

「陽咲。ごめんね」

「え？」

「私、千尋先輩みたいには、なりたくなかったの。私は適性が無かったから、廃棄されるはずだったんだけど、代わりを差し出すことで、逃がしてもらえることになったの」

「代わり？」

「うん。元々、陽咲も狙われていたし、ちょうど良かったんだ」

「何の話？」

「陽咲。あなたのお陰で、私はここから逃げられるの。来てくれてありがとう。大好きだったよ」

「ちょっと……」

私が呼び止めるのも聞かずに、夏菜は入り口の扉を閉めてしまった。

闇が私を包み込む。

部屋の温度が、急激に下がったような気がした。

「何なの……」

今の「大好き」は、どういう意味？　友だちとして？　それとも恋愛対象として？　それに、何で過去形だったの？

私は、たくさんの疑問に振り回されながらも、部屋から出ようとした。けれど途中で足が止まった。

暗闇の中から、じっとこちらを見ている顔があることに気付いたからだった。

目を凝《こ》らすと、そこには人が立っていた。

ロングコートを着て、頭にすっぽりフードを被っている。

私を付けまわしていたあの影だ。

その人影は、ゆっくり私に近付いて来ると、被っていたフードを外した。

その下から現れたのは、皺《しわ》だらけの老婆のような顔だった。肌は土色に変色し、強烈な腐《ふ》臭《しゅう》を放っている。

何より怖ろしいのは、その目だった。

眼球が無く、穿《うが》たれた孔《あな》のような目が、じっとこちらを見ている。

「な、何なの……」

逃げようとして、慌てて扉の取っ手に手をかけたけれど、押しても引いてもビクともしなかった。

「何で？　何で？　何で？」

混乱する私に、〈それ〉が近付いて来る。

着ているロングコートがはだけて、白いマネキンのような手が伸びてくる。

一本や二本ではない。

幾本もの手が、私を包み込むように迫ってくる。

逃げる術《すべ》もなく、私は手足だけでなく、首や髪の毛を摑まれ、蜘蛛《くも》の巣に捕らわれた昆虫のように、身動きが出来なくなってしまった。

その身体――私にちょうだい。

〝それ〟が言った。

――ああ。そういうことだったのか。

今さらのように、私は何が起きたのかを理解した。

夏菜は、自分が助かるために、この異形のものに懇願したのだろう。自分の代わりを差し出すから、逃がして欲しいと。そして、私を騙し、この場所に誘《おび》き寄せたのだ。生け贄《いにえ》を捧げるように。

誰かを犠牲にして、逃げられるなら、私もそうしたい。だけど、夏菜以外に、自分の言葉を信じてくれる人はいない。こんなことになるくらいなら――。

「ずっと一人でいれば良かった……」

私は、絶望と共に最期の言葉を口にした――。

第三話　欲しい

1

身体が欲しい：2024/10/13 02:17 ID????

私の友人のAから聞いた話です。

ある日、スマホに見知らぬ人物から、メッセージが届いたそうです。そのメッセージには、一行だけ文章が書かれていました。


あなたは、選ばれました。


そのメッセージだけじゃなくて、なぜか、白い箱のような建物の写真が添付されていたそうです。

Aは、意味が分からないし、フィッシングメールの類《たぐ》いだと思って、無視していたんです。

でも、その日から、Aの周りでは、奇妙なことが起きるようになりました。

ある日女子高生の制服を着た少女が、突然、家を訪ねて来たそうです。その少女の顔は、血《ち》塗《まみ》れで、肌はゾンビのように腐敗《ふはい》していました。

その少女は、Aに言ったんです。

その身体——私にちょうだい。

Aは、悲鳴を上げて逃げ出しましたが、いくら逃げても、その少女は追いかけて来ます。

そして――ついに捕まってしまいました。

その後、Aがどうなったのか、誰も知りません。

なぜなら、Aはそれきり姿を消してしまったからです。


名無し：2024/10/13 02:19 ID:????

ツメが甘い。

行方不明になったのなら、Aの証言は、誰から聞いたんだ？

名無し：2024/10/13 02:20 ID:????
あほくさ。

名無し：2024/10/13 02:21 ID:????
創作系は、この掲示板じゃありませんよ。

武石章《たけいしあきら》は、自分が運営する〈怪異蒐集録《かいいしゅうしゅうろく》〉のサイトの掲示板に書き込まれた投稿をチェックしていた。

否定的な投稿が多いように、〈身体が欲しい〉が語る内容は、とても実話とは思えない。話が荒唐無稽だし、何より、掲示板の指摘にもある通り、オチに大きな問題がある。

登場人物が、本当に消えてしまったのだとしたら、それまでの出来事は、いったい誰から聞いたのか——という根本的な疑問が生まれている。

昭和の頃には、そうした話が結構あったらしいが、令和の今となっては、小学生でもその矛《む》盾《じゅん》に気付いてしまう。

でも——。

章は、肩までかかる髪を搔き上げてから、キーボードを叩いて次のような文章を書き込んだ。


怪奇チャンネル：2024/10/13 02:30 ID????

初めまして。〈怪異蒐集録〉の管理人のショウです。

おれは、〈身体が欲しい〉さんの話を信じます。詳しく聞かせて欲しいので、メッセージを送って下さい。待っています。


章が、こんなことを書き込んだのには理由がある。

掲示板に投稿されたのと同じ事象が、つい最近、章の周辺で起きたのだ。〈身体が欲しい〉が語るAとは、章が知る芽衣《めい》と同一人物の可能性がある。

2

芽衣と出会ったのは、バイト先のコンビニエンスストアだった。

章は、小さい頃から怪談や都市伝説の類いが好きだった。きっかけは、自分でもよく覚えていないが、気付いたときには、その手の本を読み漁《あさ》っていた。

みんなが少年マンガに熱狂しているときに、章は、実話系怪談や都市伝説の本を読み漁っていたのだ。『ムー』や『怪と幽』などは欠かさず購入していた。

だから、周囲に溶け込むことは出来なかった。

たいていの人は、章の読んでいる本を「気持ち悪い」と言って眉を顰《ひそ》めた。

章からすれば、少年マンガだって、幽霊や異形のものはもちろん、異星人なども出てくるのだから、本質は同じではないか——と思うのだが、そんな主張は受け容れられなかった。

今になって思えば、彼らが少年マンガに求めていたのはヒーローだったのかもしれない。一方の章は、自分と異なるものを、単なる敵として認識するのではなく、その本質を知ろうとしていた。

何《いず》れにしても、受け容れてもらえないという現実から、章は内に籠《こ》もるようになった。

当然の結果として、思春期の頃に恋愛を経験するようなことはなかった。もちろん、気になる子がいなかったわけではない。でも、その頃には、自分の嗜好《しこう》を語れば、気味悪がられることは分かっていた。

だから、ひっそりと愉《たの》しんでいた。

そんな章だったが、大学に入学したとき、〈オカルト研究会〉の存在を知り、歓喜した。同好の士と存分に語り合えると思っていた。

だけど、実際に入会してみると、〈オカルト研究会〉とは名ばかりで、ただ、ホラー映画を観て、みんなで雑談をするだけの集まりだった。

期待していた分、落胆が大きかった。リアルでダメなら——と、章はネットの中に仲間を求め、〈怪異蒐集録〉というサイトを立ち上げることにした。

掲示板には、様々な怪談や不思議な話が書き込まれるようになり、活発な議論がされるようになった。

章は、黒いフードを被り、サングラスと黒いマスクを着け、管理人の〈ショウ〉として、掲示板に投稿された怪談や不思議な話について、考察する動画をアップするようになった。

サングラスやマスクは、恥ずかしくて顔を隠したわけではない。正体が見えない方が、怪しさが出ると考えたのだ。

リアルな友だちはいないが、ネットの中では、自分を必要としてくれる人がいる。中には、崇《あが》めてくれる人までいた。

そのことが、章の自尊心を満たしてくれた。

芽衣が、バイトに入って来たのは、〈怪異蒐集録〉の運営が軌道《きどう》に乗り始めた頃だった。

可愛いとは思っていた。

だけど、自分には縁《えん》がないと最初から諦めていたので、目で追うことすらしなかった。

そもそも、芽衣に彼氏がいることは知っていた。同じバイト先の先輩だ。髪に栗色のメッシュを入れ、いかにも軽薄そうな男だった。

よくもまあ、あんな男と付き合うものだと軽蔑《けいべつ》さえしていた。しかも、バイトを始めて僅《わず》か一ヶ月で交際を始めたのだから、男探しのためにバイトを始めたと言われても、文句は言えないだろう。

芽衣が、バイトに入ってから、三ヶ月ほどした頃、休憩室で偶々《たまたま》一緒になった。

彼女は紙パックの紅茶をストローで啜りながら、スマホで動画を見ていた。

別に見る気はなかったのだが、近くを通りかかったとき、画面に映し出されている動画が見えてしまった。

「あっ！」

章は、思わず声を上げた。

彼女が見ていたのは、章——いや、〈ショウ〉としてアップした考察動画だったからだ。

「何ですか？」

芽衣が、怪訝《けげん》な顔でこちらを見る。

何か気の利いたことでも言えれば良かったのだが、章にそんな対人スキルは無く、〈怪異蒐集録〉と、自分のサイトの名前を、モゴモゴと口にした。

その途端、芽衣の目がキラキラと輝き、白い歯を見せて笑った。

異性に、そんな表情を向けられた経験がなかったので、ただ硬直してしまった。

「カイロク知ってるんですか？」

芽衣が興奮気味に言う。

カイロクとは、〈怪異蒐集録〉の略称だった。

「あ、うん。まあ……」

自分が管理人だと言うべきだったのかもしれないけれど、小学校時代にドン引きされた記憶が蘇《よみがえ》り、堪《たま》らず呑み込んだ。

「知ってる人に会えるなんて、ちょー嬉しい。彼氏にバカにされるから言ってないけど、私、怪談とか凄い好きなんです」

「そうなんだ」

――おれも。

なぜか、そのひと言が出なかった。

「特に、カイロクのショウさんが、好きなんです。声と語り口調がいいってのもあるんですけど、タイプなんです。サングラスとマスクで隠してますけど、スタイルが良くて私の好みなんです。凄くかっこいいと思いません？」

芽衣の問いに答えることが出来なかった。心臓がバクバクし、顔が熱くなる。

顔を隠していたことを後悔し、同時に、隠しておいて良かったとも思う。

嬉しさと、気恥ずかしさとがない交ぜになり、章の心をぐちゃぐちゃにかき乱した。

仮面をつけたヒーローものなんかで、ヒロインが仮初《かりそ》めの姿の主人公に気付かず、ヒーローに憧れるという設定をよく見かけるが、こんな気持ちなのかもしれない。

それから、時々ではあるが、芽衣と話をするようになった。

「昨日のショウさん、めっちゃ良かったですよね？」

　そう言われる度に心の内で歓喜し、幸せを感じていた。

　もし、彼女が自分の正体を知ったら、と妄想をしたこともあるが、幻滅されるかもしれないという考えが過《よぎ》り、言い出せないでいた。

　相変わらず、芽衣は先輩と付き合っていたが、あまり上手くいっているようには見えなかった。このままいけば、ワンチャンあるかもしれないと期待するのは、自然なことだったと思う。

　現に、芽衣と喋《しゃべ》る機会は、どんどん増えていき、章が気兼《きが》ねなく話が出来る、唯一の女性になっていた。

　告白することも考えたのだが、経験の浅さから、口に出すことが出来ないでいた。

　そして、三日ほど前に事件は起きた。

　芽衣から、変なメッセージが届いたという相談を受けたのだ。

　バイト中の立ち話だったので、詳しくは聞いていないが、〈あなたは、選ばれました〉というメッセージが突然届いたらしい。

　それから、身の回りで奇妙なことが起きるようになったというのだ。

　これはチャンスだと思った。

「詳しく話を聞かせてよ。実は、おれ、カイロクのショウさんと繋がっているから、色々と相談に乗れると思う」

　そう言うと、芽衣は「え？　本当？　章君が迷惑じゃなかったら、今日の夜とか、話を聞いてもらっていい？」と顔を綻《ほころ》ばせた。

このとき、章は幸福感で満たされていた。気が早いが、芽衣との楽しい未来を想像した。

でも、結局、芽衣から相談を聞くことはなかった。

その日を境に、芽衣は文字通り、姿を消してしまったのだ――。

3

投稿者の〈身体が欲しい〉からメッセージが届いたのは、翌日の夕方のことだった。

ダメもとだったので、これは嬉しい誤算だ。章は、早速メッセージを開いた。


信じてくれて嬉しいです。

ショウさんなら、信じてくれると思っていました。

私が、掲示板に書き込んだのは、これ以上、被害者を生み出さないためです。

お願いです。〝それ〟は、これからも、人を攫《さら》い続けます。

どうか、〝それ〟を止めて下さい。


章は、そのメッセージを読んで困惑した。

友だちの体験談を語っているものとばかり思っていた。だけど、メッセージを読む限り、まるで、投稿者自身が被害者であるかのような言い回しだ。

そもそも、〝それ〟とはいったい何だ？

章は、様々な疑問を吐き出すために、キーボードを叩いてメッセージに返信した。


メッセージありがとうございます。

幾《いく》つか、お訊きしたいことがあります。

Aさんの体験談ということで投稿されていましたが、メッセージを見る限り、投稿者さん自身の体験のようにお見受けしましたが、おれの認識に間違いはありますか？

〝それ〟とはいったい何でしょう？　また、〝それ〟を止めて欲しいとのことですが、具体的に何をすればよろしいのでしょうか？

出来れば、直接会って、お話を伺いたいのですが、可能でしょうか？

難しければ、リモートや電話でも構いません。


質問したいことは、幾つもある。メッセージのやり取りを続けるよりも、直接会って話をする方が効率的だと思った。

もし、この話が芽衣の一件なのだとしたら、何としても怪異の正体を暴いて、彼女を見つけ出さなければならない。

章は、それが使命であると感じていた。

これまで、自分が怪談や怪異について研究を重ねてきたのは、芽衣を救い出すためだとすら思っている。

しばらくして、〈身体が欲しい〉から返信があった。

ショウさんに会えるなんて、光栄なことですが、残念ながら今の私は、直接会ってお話が出来る状態にありません。

電話やリモートも難しいです。今の私に可能な連絡手段は、このメッセージだけです。

文章からして〈身体が欲しい〉は、ショウのファンの一人のようだ。

ただ、連絡手段がメッセージだけというのは、どうにも引っかかる。何か特別な事情があるのだろうか？

恥ずかしがっているというのとは違う気がする。もしかしたら、入院中なのかもしれない。

それであれば、連絡手段がメッセージだけというのも納得出来る。

章は考えを巡らせながらも、メッセージの続きを読む。

一つ目の質問についてですが、ノーコメントとさせて下さい。

――ノーコメントだって？

それは、もう認めているのと同じではないのか？　いや、まだ結論を出すのは早い。

〝それ〟が何かは知っています。

しかし、〝それ〟の名前を出すわけにはいきません。

名前を出せば、すぐにバレてしまいます。

〝それ〟は、あらゆるところに目を耳を持っているのです。

名前を出してはいけない存在なんて、『ハリー・ポッター』シリーズのヴォルデモートのようだ。

何だか、話を聞くほどに、混乱していくような気がしてならない。

〝それ〟を止める方法についてですが、私にも分かりません。

でも、ショウさんなら、〝それ〟を止める方法を見つけることが出来ると信じています。


メッセージを読み終えた章は、「うーん」と唸《うな》るしかなかった。

このメッセージで分かったことといえば、友人のAとして語られている体験談は、投稿者自身の実体験らしいということだけだった。

いや、それだって定かではない。話のオチが姿を消した——で終わっているのだから、話が正しいのだとすれば、A＝〈身体が欲しい〉でないということになる。

おまけに、〝それ〟を止めて欲しいとお願いしながら、その正体はおろか、名前についても語れない。方法も分からないでは、手の打ちようがない。

いつもの章なら、このまま放置したかもしれないが、それが出来ない理由があった。

A＝芽衣であるという可能性は、まだ残されている。

〝それ〟について調べを進めることは、失踪してしまった芽衣の行方を摑むことに繋がっているはずだ。

彼氏でも、友だちですらないけれど、それでも、章はもう一度、芽衣に会いたいと思っていた。


返信、ありがとうございます。

おれに出来るかどうか分かりませんが、〝それ〟を止めるために尽力します。

そのためにも、出来るだけ多くの情報が欲しいです。

〝それ〟について〈身体が欲しい〉さんが、知っている情報を教えて下さい。

PS
おれの知り合いも、〝それ〟からのメッセージを受け取った後、姿を消してしまいました。

メッセージを書いた章は、送信ボタンを押した。

PSという形で、それとなく探りを入れてみる。もし、〈身体が欲しい〉が、芽衣もしくは、その関係者であれば、何かしらの反応があるはずだ。

返信はすぐに返ってきた。

〝それ〟は、電波を通じて、あらゆるところに潜り込むことが出来る。

〝それ〟は、自分の身体を探している。

〝それ〟は、少女の姿を借りている。

〝それ〟は、女子高生殺人事件に関係している。


ただ、それは箇条《かじょう》書きにされた情報だけだったが、それでも有益な情報は得られた。

中でも、女子高生殺人事件に関係しているという言葉が、もっとも章の目を引いた。ここで〈身体が欲しい〉が言っているのは、先日、二人の女子高生が殺害された、あの事件のことだろう。

二人の女子高生を惨殺した犯人は、現在も逃亡中のはずだ。

あの事件について、情報を集めることが、〝それ〟の正体に近付く第一歩になる気がした。

残念なのは、〈身体が欲しい〉の返信では、ＰＳの部分に、一切触れていないことだ。

しかし、それが逆に怪しいと思う。〈身体が欲しい〉の正体が、芽衣である可能性がさらに高まった気がした。

4

章は、〈身体が欲しい〉から得た情報を元に、女子高生殺人事件に触れつつ、〝それ〟の存在についての考察動画を撮影して、〈怪異蒐集録〉のサイトにアップし、広く情報を求めた。

情報を集めるためには、まずは噂を拡散することが、もっとも効果的だと考えたからだ。

案の定、今日、学食で〝それ〟について話をしている学生たちがいた。

彼女たちの先輩に当たる人物に、〝それ〟からのメッセージが届いたという話を耳にしたので、色々と聞き出そうとしたが、不審者扱いされてしまった。

〝それ〟について、話をしているのだから、〈怪異蒐集録〉を見ているはずなのだが、自分がショウだということは分かってもらえなかった。

顔を隠していたことが、仇《あだ》になった格好だ。

だが、効果があったのは事実だ。現に、〈怪異蒐集録〉に、DMで様々な情報が寄せられている。

ただ、それを全部鵜呑《うの》みにするわけにはいかない。

信憑性《しんぴょうせい》の高いものと、そうでないものとを、篩《ふるい》にかける必要がある。一つ一つのDMに丹念に目を通してみたが、残念ながら、そのほとんどが、ショウの〝それ〟に関する考察をなぞっただけのものだった。そうでないものも、幾つかあったが、〝それ〟は宇宙人だとか、研究所が開発した生物兵器だとか、荒唐無稽《こうとうむけい》で、ひと目で作り話と分かるものだった。

そんな中、興味深いDMが一つ届いた。

ARMSと名乗る人物からのメッセージだった。


初めまして。ARMSといいます。

考察動画を拝見しました。ショウさんに、一つ質問があります。

人を消してしまう〝それ〟と女子高生殺人事件に関連があると仰っていましたが、その根拠をお教え頂けると幸いです。

現場を目撃した一人として、大変興味があります。


件《くだん》の女子高生殺人事件は、白昼堂々の犯行で、多数の目撃者がいた。このＡＲＭＳは、その一人ということらしい。

章が〝それ〟と女子高生殺人事件の関連を示唆《しさ》した根拠は、〈身体が欲しい〉から与えられたヒントをなぞっているだけで、論拠を述べろと言われると困ってしまう。

ただ、それを素直に話すのは、どうにも格好がつかない。ただ、女子高生殺人事件の現場を見ているという、ＡＲＭＳの情報は欲しい。


ＡＲＭＳさん。

メッセージありがとうございます。

おれは、警察の発表を信じていません。犯人も別にいると思っています。

ネット情報でしかありませんが、死体の状況からして、人間が実行出来るものではないと考えています。

つまり、人間ではない何か――があの犯行を行った。そして、その犯人こそが、〝それ〟であると考えています。

実際に現場を見たＡＲＭＳさんは、どのように考えていますか？

かなり抽象的な文章になってしまったが、まあいいだろう。
しばらく待っていると、ＡＲＭＳから返信があった。

ショウさんの推測は、的を射ているかもしれません。
そこで、もう一つ、質問させて下さい。
動画の中で、ショウさんの知り合いも、メッセージが届いた後に、行方不明になったと言っていましたが、その人の名前は、平田《ひらた》芽衣さんではありませんか？

章は、フリーズした。
どうして、ＡＲＭＳは、芽衣のことを知っているのか？　もしかしたら、芽衣の知り合いだったのか？　或《ある》いは、ＡＲＭＳと名乗るこの人物こそが、〝それ〟の正体ではないのか？

芽衣さんを知っているのですか？

章は、震える指でキーボードを打ち、メッセージを送った。
返信はすぐに来た。

いいえ。直接の面識はありません。

ただ、警察に芽衣さんの失踪届が出されているのは事実のようです。彼女の部屋には、争った形跡もなく、荷物も残ったままだったということで、特定失踪人として、警察が捜索しています。

やけに情報に精通している。

ARMSさんは、警察官なのですか？

よくよく考えてみれば、ARMSを直訳すれば、武器ということになる。警察の人間が使うアカウント名としては適切な感じがした。

いいえ。警察官ではありませんが、関係者といったところです。

関係者といっても、色々ある。深く問い質《ただ》そうかと思ったが、止《や》めておいた。きっと、これ以上は、何も言いたがらないだろう。

余計な詮索《せんさく》をして、貴重な情報源を失いたくない。

何《いず》れにしても、ぼくもこの件を調べています。

何か分かったら、お互いに情報を共有しましょう。

ＡＲＭＳから続けてそう返信があったので、了承の返事をしておいた——。

5

章は、それからも、色々と〝それ〟に関する情報を集めては、考察を続けていたが、どうにも摑み所がなく、これといったものが出せずにいた。

さらなる情報を求めて、〈身体が欲しい〉にメッセージを送ってみたが、返信はなかった。

今になって思えば、最後のメッセージが箇条書きだったのは、章に対する拒絶の意思表示だったのかもしれない。

だが、どうして拒絶されたのか？　その理由については、皆目見当がつかなかった。そんな折り、ＡＲＭＳからメッセージが届いた。

現在、行方不明になっている女性がいます。

〝それ〟と関連があるかもしれません。

中村《なかむら》千尋《ちひろ》という女性ですが、心当たりはありますか？

「千尋」

章は、その名前に心当たりがあるような気がした。直接の知り合いにはいない。だが、何処《どこ》かでその名前を聞いた。

あれは、何処だったか？　考えを巡らせるうちに、章は唐突に答えに行き着いた。

そうだ。学食で、〝それ〟について話をしていた二人組の学生。彼女たちが、千尋という女性に、〝それ〟からのメッセージが届いたという話をしていたのだ。

章は、今日は大学を休むつもりでいたが、慌てて身支度をして、自宅アパートを飛び出した。

この前は、不審者扱いをされてしまい、ろくに話をすることが出来なかったが、やはりあの二人からは話を聞く必要がある。

勢い込んで大学に到着したものの、広いキャンパスの中で、どうやって名前も知らない二人組を探せばいいのか分からない。

考えあぐねた結果、章は正門の前で見張ることにした。

一時間ほど粘ったところで、二人組のうち一人を見つけた。少し俯《うつむ》き加減に歩いている。すぐに声をかけようかと思ったが、章は少し待つことにした。

正門から続く遊歩道を歩き始めたところで、学食にいたもう一人と合流したからだ。

二人は、深刻な顔でベンチに座り、話を始める。

章は、それとなく二人に近付き、その会話に耳を傾《かたむ》ける。どうやら、二人組のうちの夏菜という女性の方に、〝それ〟からのメッセージが届いたらしく、スマホを出して、もう一人に見せる。

章は、スマホの画面を覗き込もうとしたが、画面に貼られたフィルムのせいで、確認することが出来なかった。

〝それ〟からのメッセージが、どんなものなのか確認出来れば、その正体を掴む手掛かりになるのに。そう思うと、章は我慢出来なくなり「ちょっと、それ見せて！」と、夏菜からスマホを奪い取った。

そこには、噂にある通り〈あなたは、選ばれました〉というメッセージが届いていた。

差出人はＭＩＴＳＵＫＩという人物になっている。

さらに、白い箱のような建物の写真が添付されていた。

「返して下さい」

「いい加減にして下さい。いきなり何なんですか？」

二人組は、次々と抗議の声を上げる。説明しようと思ったのだが、聞く耳持たずで、「誰か！　助けて下さい！」と悲鳴まで上げ始めた。

流石《さすが》に拙《まず》いと思い、スマホを返すと、逃げるようにその場を立ち去った。

6

「皆さん。こんばんは。ナビゲーターのショウです。実は、今日は、視聴者のみんなに、重大な事実を伝えなきゃならないんだ――」

章は手に持ったスマホに向かって、そう語りかけた。

これまで、〈怪異蒐集録〉にアップした動画は、考察が中心で、事前に収録したものばかりだった。だが、今回は初めて外からライブ配信をしている。

そうしたのには、理由があった。


「おれは、〝それ〟の居場所をついに突き止めたんだ。きっかけは、ほんの偶然だった。友人が、〝それ〟からのメッセージを受け取ったのを見せてもらったんだ。噂では、〈あなたは、選ばれました〉というメッセージだけだったんだけど、実際はそうじゃなかった。建物の画像が添付されていたんだ。おれは、その画像の場所を特定し、〝それ〟の正体を突き止めるために、こうやって足を運んだ……」


説明を終えたところで、スマホを動かして、改めて自分の背後にある白い箱のような建物を映した。

章が、この場所を特定出来たのは、夏菜という女性のお陰だ。彼女のスマホを強引に奪ったとき、自分のスマホで〝それ〟から届いたメッセージを撮影しておいたのだ。

その上で、スマホに搭載されている音声アシスタントAIアルテミスを使って、建物の写真で検索をかけ、ヒットしたのがこの場所だった。

ここに来る前、この建物が何なのかを分かる範囲で調べてみた。

その結果、驚くべきことが明らかになった。そこから、考察を進め、章は一つの結論に辿り着いた。

それを証明するために、この場所に足を運んだのだ――。

「では、建物の中に入ってみようと思います」

章は、正面にある玄関の扉の取っ手に手をかけ、押したり引いたりしたが、施錠されているらしく、ビクともしなかった。

鍵が開いていませんでした――で終わらせるわけにはいかない。

他に出入り口がないか、探そうとしたところで、カチッとロックが外れる音がした。

――中に誰かいるのか？

そう思った矢先、ひとりでに扉が開いた。

中から人が出て来る気配はない。ただ、入り口から先の見えない廊下が延びている。

「急に扉が開きました。どういうことでしょう？　取り敢えず、中に入ってみることにします」

章は、スマホに向かって言いながら中に入った。

暗くてよく見えない。

事前に用意してきた、ヘッドライトのスイッチを入れた。

真っ直ぐに延びる廊下は、廃墟のように、物が散乱していたり、埃《ほこり》や塵《ちり》が堆積《たいせき》していることもない。

今、消灯したばかりの病院のようだ。

廊下は、突き当たりで左に曲がっている。取り敢えず、あの奥まで進んでみよう。

歩き出そうとしたところで、スマホにメッセージが届いた。

〈身体が欲しい〉からだった。

配信をしながらも、メッセージの内容を確認する。


章君。ここに来ちゃダメ。

あなたの行動はバレてる。

早く逃げて。


そのメッセージを見て、章はぎゅっと心臓が収縮するのを感じた。

短い文章だったが、この文章は、多くのことを物語っている。

〈身体が欲しい〉は章の名前を知っていた。これまで、ショウとしてやり取りしていて、一度も本名を言っていないにもかかわらず——だ。

つまり、〈身体が欲しい〉の正体は、章の知り合いだということになる。さらに、章君と呼んでいる人物となると、一人しかいない。

——芽衣だ。

間違いなく、メッセージを送ってきていたのは、失踪した芽衣ということだ。

それだけではない。

ここに来ちゃダメ――という言葉から、芽衣が今まさに、この場所にいることが分かる。だとしたら、引き返す理由はない。

章は、強い足取りで真っ直ぐ廊下を進む。

突き当たりを左に曲がると、より一層、暗さが増したような気がする。目を向けると、廊下の左側にはスライド式の扉が等間隔に並んでいる。

ますます、病院っぽくなってきた。もしかしたら、ここは、本当に病院なのかもしれない。

芽衣は、何かしらの感染症に罹《かか》ってしまい、ここに入院している。そう考えると、色々なことに説明がつく気がした。

取り敢えず、一番近くにある扉を開けてみようか――そう思ったとき、配信のコメント欄が騒がしくなっているのに気付いた。

ヤバい
何アレ？
逃げて！
後ろ

――後ろ？

章が振り返ると、そこには人間の顔があった。

髪の長い女性の顔だった。

土色に変色した皺《しわ》だらけの肌をしたその女性が、じっとこちらを見ている。

いや、あれで見えているのか？

その女性の両目は穿《うが》たれた真っ黒な孔《あな》があるだけで、眼球が無かった。

章の腕に、何かが触れる。

はっと目を向けると、真っ白い手が、章の腕を摑もうとしていた。

――死ぬ。

この腕に摑まれたら、自分は間違いなく死ぬ。理屈ではなく、本能がその危険性を察知した。

章は、堪《たま》らず悲鳴を上げると、スマホを放り出して逃げ出した。

しかし――。

すぐに廊下は、行き止まりになってしまった。

後ろからは、無数の白い手を伸ばした、老婆のような女が、孔のような目で章を見据えながら迫って来る。

章は、一番近くの扉に手をかける。

幸いにして、鍵は開いていた。扉を開けて、部屋の中に飛び込む。

閉めようとした扉の隙間《すきま》から、あの白い手が伸びてくる。ここで侵入を許せば、命はない。

章は、足で何度も蹴って、白い手を扉の向こうに押しやり、何とか扉を閉めると、内鍵をかけた。

それでも、あの白い手の女は、部屋の中に入ろうとして、何度も扉を叩く。

ギリギリ押さえているが、このままでは侵入されるのは時間の問題だ。周囲に目を向けると、鉄パイプのようなものが落ちていた。それをつっかい棒にする。

だが、それだけでは心許ない。

さらに、部屋の中を見回すと、壁際にキャビネットのようなものがあった。それを扉の前まで引《ひ》き摺《ず》っていき、バリケードの代わりにする。

汗で、身体中がびっしょり濡れていた。

呼吸を整えながら、改めて部屋の中を見回す。窓が一つも無かった。塞《ふさ》ぐ必要はないが、同時に、章が部屋から出られないことを意味する。

助けを呼ぼうにも、スマホはさっき廊下に放ってしまった。

「くそっ」

苛立ちを吐き出したところで、扉の脇にスイッチがあるのを見つけた。

それを押してみると、部屋の中に電気が点いた。ＬＥＤの白い光に目眩《めまい》がしたが、次第に慣れてくる。

明かりが点いたことで、部屋の全容が見えてくる。

壁や天井だけでなく、床まで真っ白に染め上げられた部屋だった。

部屋の隅に、黒い布がかけられた、高さ一メートルほどの物体があった。何か使える物かもしれない。

章は、それに近付き、かかっていた黒い布を外した。

リクライニングチェアだった。コードが何本も伸びていて、肘掛けのところに、小型のモニターが設置されていた。

そして、そこには、人形が座らされていた。

黒いワンピースを着た、女の子の人形だ。

マネキンのように、ポーズを固定したものではなく、球状の関節が取り付けられていて、細かく動かせるようになっているようだ。

だが、何より異様だったのは、そのアンバランスさだ。

身体は、十歳くらいの女の子を模しているのだが、頭部だけが、それに見合わない大きさだった。

その理由は、すぐに分かった。

身体は人形だが、頭部だけは人間のものだったのだ。

首には、後から接合した繋ぎ目があることからも、それは明らかだ。

だが、問題はそんなことじゃない。

「め、芽衣ちゃん……」

人形に取り付けられた顔は、芽衣だったのだ。

──何でこんなことに？

章は、呆然《ぼうぜん》と人形を──芽衣を見つめた。

僅かだが、芽衣の目が動いたような気がした。

見ると、肘掛けに取り付けられたモニターに、文字が表示されている。

見つかっちゃいましたね。

章君には、知られたくなかった。

だから、ショウさんにお願いしたのに、同一人物だったなんて。


――そういうことか。

章は、全てを理解した。芽衣は、〝それ〟に拉致《らち》された後、何かしらの実験を施され、身体を奪われ、代わりに首を人形に取り付けられたのだ。

でも、生きている。

詳しいことは分からないが、多分、脳波を直接信号として流すことで、文字だけは打つことが出来たのだ。

そうやって、〈怪異蒐集録〉の掲示板に書き込みをすることで、助けを求めたというわけだ。

〈身体が欲しい〉というアカウント名も、今の自分を象徴していたのだ。


こんな醜《みにく》い姿、見られたくなかった。

彼女のその言葉が、章の心を大きく揺さぶった。

「そんなことない」

気付いたときには、章は呟くようにそう言っていた。

意識していなかったが、だからと言って、取《と》り繕《つくろ》ったわけではない。今の芽衣は――。

「すごく綺麗だ」

章は、頬が緩《ゆる》み、自然と笑みが零《こぼ》れた。

最初はアンバランスだと思った。だけど、そうじゃない。グロテスクだと感じたのも、単に驚いたからに他ならない。

芽衣だと認識し、こうやって改めて目を向けると、彼女はとても美しかった。

アニメの世界から、そのまま飛び出したヒロインのようだ。


ありがとう。

お願いがあるの。

私を、殺して欲しい。


モニターに表示されたメッセージを見て、章は反射的に「嫌だ」と首を左右に振った。

どんな姿になっていても、芽衣は芽衣だ。

「君を、ここから連れ出してあげる」

芽衣に手を伸ばそうとしたのだが、モニターに新たな文字が表示される。


それは無理。

この椅子から離れたら、私は死んでしまうから。

椅子から伸びている、様々な配線や機器類は、芽衣の生命維持を司っているということなのか。

彼女は、ここを離れることすら出来ない。だから、いっそ殺して欲しいと懇願《こんがん》している。

首の裏から伸びているコードを、抜いて欲しい。

そうすれば、私は楽になるから。

芽衣の首の裏には、コードの束が伸びていた。これを抜けば、芽衣は死ぬのか——。

章は、コードに手を伸ばす。

指先が、絶縁体に覆われたコードに触れる。

「無理だ。出来ないよ」

章は、コードから手を離して項垂《うなだ》れた。

どうして？

「おれは、君が好きなんだ。君が、ここから動けないなら、おれも、ここにいる」

章は、芽衣の髪に触れる。

不思議だった。バイト先で会ったときは、こんな風に本音を語ることも出来なかったし、触れるなんてもっての外《ほか》だった。

それなのに、変わり果てた芽衣の姿が愛おしくて、感情が抑えられなくなった。

私は、

モニターに表示された文章が途中で止まり、画面にノイズが走る。

ＬＥＤライトが何度か明滅した後、何かが弾けるような音と共に、部屋の電気が消えた。

――何だ？

困惑している章の目の前に、けたたましい音を立てて、何かが落下してきた。

天井に嵌《は》め込まれていた、換気ダクトの蓋《ふた》だった。

視線を上げると、口を開けた換気ダクトから、さっきの皺だらけの女の顔が覗いていた。

女は、ぬうっと天井の換気ダクトから這《は》い出て来る。

芽衣の口が僅かに動く。

章には、「逃げて」と言っているように見えた。

芽衣の言う通りにすべきなのだろう。それは分かっている。だが、章の足は動かなかった。

恐怖からではない。

章は、芽衣の身体を抱き締めた。

――これでいい。

これまで味わったことのない、充足感を覚えるのと同時に、背中に何かが突き刺さる強烈な痛みを感じた。

第四話

羽化

1

ミカとエリが、また私のことを見て笑ってる――。

視線から逃れるように顔を伏《ふ》せた。けれど、ひそひそと囁《ささや》き合う声は、どうしたって耳に入ってしまう。

「ってか、ないわ。どうすれば、あそこまで太れるのかね？」

「食べ過ぎでしょ。ニキビ凄いし」

「あれで、名前が美麗《みれい》ってウケる」

そう言って笑い合うミカとエリの声が、私の鼓膜《こまく》をガリガリと引っ搔く。

好きでこんな容姿に生まれたわけじゃない。

腫《は》れぼったい一重の瞼《まぶた》も、低くて丸い鼻も、太り易い体質も、顔のニキビだって、運悪く両親の悪いところを受け継いでしまったのだ。

自分では、どうしようもない。

この容姿を醜《みにく》いと思っているのは、誰より私自身だ。だから、メガネと髪で出来るだけ露出する面積を減らし、終始俯《うつむ》くようにしている。

本当は、他のみんなみたいに、スカートを短くしてみたいけれど、太い足を出したくなくて、膝下丈のままだ。

分かりきっていることを指摘されると、余計に傷付く。哀しくなって机に突っ伏したところで、シャーペンが床に落ちてしまった。

「落としたよ」

はっと顔を上げると、武英君《たけふさ》が私にシャーペンを差し出していた。

色白で、切れ長の二重の目。顔も小さいし、鼻筋がすっと真っ直ぐ通っていて、中性的な顔立ちをしている。

私とは同じ人間と思えないほどに顔が小さくて、その顔を見れただけで、一日幸せな気分になるのに、シャーペンを拾ってくれるなんて――。

「あ、ありがとう」

緊張のせいで、声が震えてしまった。

シャーペンを受け取るとき、一瞬だけ、彼の綺麗な指が触れた。凄く滑らかで、少し冷たかった。

武英君は、表情を変えることなく、斜め前の自分の席に座り、辞書のようなぶ厚い本を取り出し、それを読み始めた。

武英君は、陰口を叩くあのミカやエリのように、容姿を鼻にかけたりしない。物静かで、ほとんど口を開かないが、私みたいな不細工にも、平等に接してくれる。

彼の存在は、神々《こうごう》しくもある。

「ちょっと。あいつ、何ニヤニヤしてんの？」

「マジ？　キモいんだけど」

「まさか、武英君狙ってるとか？」

「身の程知らずでしょ。家に鏡ないんじゃない？」

ミカとエリの言葉で、再び怒りがこみ上げてくる。

二人は、毎日、鏡と向き合う度に、私がどんな惨《みじ》めな気分になっているのか、知らないのだ。

「美麗。今日、一緒に帰ろう」

声をかけてきたのは、真子《まこ》だった。

少しぽっちゃりしているけれど、私のように太っているのとは違う。ニキビも無いし、みんなにではないけれど、可愛いと言われるタイプの女子だ。

真子が、ミカとエリの悪意のある視線を隠すように立っているのは、偶然ではなく、意図したものだろう。

二人から私を遠ざけようとしているのだ。

「あ、うん」

「やった。じゃあ、またね」

始業のチャイムが鳴るのと同時に、真子は手を振りながら自分の席に戻って行った。

彼女の席は、武英君の隣だ。

真子は、私を庇《かば》い、気遣い、友だちのように振る舞ってくれているけれど、それは私を友だちだと思っているからではない。

彼女は、自分が誰にでも平等な優しい女の子であることを、隣にいる武英君にアピールしているだけだ。

真子は自分が可愛いことを分かっているから、私なんかに優しくするふりができる。きっと、私といれば、自分の可愛さが目立つとでも思っているのだろう。

　こんな考えはいけないと分かっているけれど、容姿に自信がないと、どうしても卑屈《ひくつ》になってしまう。

　放課後、約束通りに真子と一緒に帰ることになった。

　真子と帰るときは、学校の近くの児童公園のベンチに座って、少しだけお喋りをするのがいつものパターンだ。

「あの二人が言うこと、あんまり気にしない方がいいよ」

　真子が向けてくる笑顔が、眩《まぶ》し過ぎて辛い。

「う、うん」

「もっと自分に自信持ちなよ。美麗ちゃんは、そのままで可愛いよ」

　――嘘《うそ》吐《つ》き。

　思わず、声に出しそうになった。

　真子は分かっていないのだ。可愛くないと自覚している人に、可愛いと言うことが、いかに残酷なのかを――。

「……」

「ダイエットとかして、あの二人を見返してやろうよ」

　真子の無自覚な刃《やいば》が胸を抉《えぐ》る。

　今の言葉は、結局私が太っていて、可愛くないと言っているのと同じだ。

　遠回しな分、ミカやエリより質《たち》が悪い。

痩せられるものなら、私だって痩せたい。真子やミカ、エリたちみたいに、スカートの丈を短くして、足を出し、男の子たちの視線を集めながら歩きたい。

ニキビが無くなれば、髪だってもっとお洒落にカットする。華やかな化粧をすれば、私でも少しくらいマシになるはずだ。

叶いもしない願望を抱きながらも、それを押し殺して、真子の話に「そうだね」と相槌《あいづち》を打った。

真子と別れた後、私はずっとスマホを見ながら歩いた。

そうしていれば、顔を見られることもないし、周囲の視線も気にならない。

容姿のことを気にしているせいか、私のスマホの検索履歴は、ダイエットと整形で溢《あふ》れ返っている。

最近は、ダイエットに効くというサプリがたくさん出ているし、整形技術も飛躍的に進歩しているという。

だけど、検索するだけで、これまで実行に移したことはない。

勇気が無いからではない。お金が無いからだ。

スーパーのレジ打ちのバイトだけでは、整形費用なんて賄《まかな》えない。

サプリにしたって、効果や評価が高いものは、どれも高額だ。

パパとママにお願いしたこともあるけれど、「美麗ちゃんは、そのままで可愛い」と、真子と同じことを言われて終わってしまった。

自分たちの遺伝子のせいで、こんなに苦しい思いをしているのだから、責任を持って整形費用を持つべきだと思うのだけど、流石《さすが》にそこまで言うのは憚《はばか》られた。

家の近くまで来たところで、スマホの画面に広告が表示された。

【究極のダイエットサプリ登場！　どんな人でも、必ず痩せられる！】

よくある類《たぐ》いのネット広告だ。

すぐに閉じようとしたのだが、宣伝文句の後に並ぶ文字を見て、ふと手が止まった。

【無料体験モニター募集中。但し、弊社基準による検査を受けて頂きます】

――嘘臭い。

それが、正直な感想だった。

だいたいこの手の無料モニターは、後で高額な費用を請求されるか、効果をアピールするために、痩せ易い人を敢えて選んでいるに違いない。

そう思っていたはずなのに、私はなぜか応募をクリックしていた。

2

太田《おおた》美麗様　無料モニターキャンペーンに当選しました！

そのメールが届いたのは、二日後のことだった。

メールには、詳細情報の入力が必要になるため、こちらのURLから専用ページにアクセスして下さい――という文言と、URLが貼り付けられていた。

本当に、URLにアクセスして大丈夫なのか？　不安になったので、音声アシスタントAIのアルテミスを使って、対象の会社の〈ディアナ・バイオテクノロジー〉を検索してみた。

会社のホームページはしっかりしているし、インターネット百科事典にも掲載されていたので、ちゃんとした会社なのだろうと安心して、指定されたURLをクリックする。

画面が切り替わり、応募フォームのような入力画面が現れた。

冒頭には、薬の調合と効果の測定に使用するため、正確なデータを入力して下さい――という注意書きが、大きく記載されていた。

身長、体重はもちろん、血液型、スリーサイズ、家族構成、食べ物の好み、趣味嗜好にいたるまで、入力項目は多岐に亘《わた》り、全ての項目を埋めるのに、十五分はかかった。

最後に、専用アプリをインストールして、それを使用して全身の写真を撮影するようにとの指示が表示された。

言われた通りに写真を撮影し、送信ボタンを押して、一通りの作業を終えた。

サプリが届いたのは、土曜日の夕方のことだった。

ママが受け取って、私の部屋に持って来てくれた。何を頼んだのか訊かれて、健康にいいお茶をネットで購入したという嘘を吐いた。「私も飲みたいわ」と、ママが興味を示したけれど、数が少ないから――と適当に誤魔化《ごまか》した。

部屋の中で、梱包された小包を開けると、ピルケースと、スマートウォッチのようなものが入っていた。

ケースには、二次元コードが印刷されていた。それをスマホで読み取ると、注意事項が書かれたページへと飛んだ。


【使用上の注意】
・データに基づき調合したものです。本人以外は絶対に服用しないで下さい。
・一日一錠、寝る前に服用して下さい。
・服用後、副作用として以下の症状が出る場合があります（倦怠感《けんたいかん》、発熱など）。医療機関を受診する前に、まずは弊社にご連絡下さい。
・感情が昂《たか》ぶることがありますので、自制するようお願いします。
・服用前に、必ず同封のスマートウォッチを着けて下さい。
スマートウォッチは、インストールして頂いている専用アプリと、音声アシスタントAIのアルテミスと連動し、お客様の健康状態をモニターさせて頂きますので、ご承知おき下さい。
※なお、モニターであるという性質上、使用に関しては、口外しないようお願い致します。
万が一、口外した場合は、直ちに使用を停止するとともに、損害賠償を求め提訴する場合があります。
※サプリの服用によって起こる、いかなる事象についても、弊社は一切の責任を負いません。

以上のことに同意頂けた場合は、電子署名にサインをお願いします。

私は、指でサインを書いて送信した後、同封されていたスマートウォッチを嵌《は》めてみる。凄く軽くて、着けているのを感じないほどだった。市販されている有名メーカーのものとデザインは同じだし、同等の機能も付いているようだ。

前から欲しかったので、これは嬉しい誤算だ。

慎重にピルケースを開けてみる。

赤と白のカプセルが、一錠ずつ区分けされて入っていた。全部で六錠。六日分ということだ。

カプセルを摘《つま》んで、翳《かざ》してみる。

——本当に、これを一日一錠飲むだけで痩せられるのかな?

もし、今より痩せることが出来たら、私も短いスカートを穿けるかな? 服のサイズが変わってしまうかもしれない。そうなったら、出費が嵩《かさ》むけれど、それはむしろ喜ばしいことだ。

今までは、身体の線が目立たない服ばかり着ていたけれど、自分が着たい服が着れるのだと思うと胸が弾んだ。

お風呂上がりに体重計に乗った私は、改めて現実を突き付けられた。

平均体重を、十キロ以上オーバーしている。

——どうすればあそこまで太れるのかね?

――食べ過ぎでしょ。

ミカとエリの言葉が脳裏《のうり》を過《よぎ》る。

別に食べ過ぎてなんかいない。食事を抜くことだってある。それでも、太ってしまうのだから、どうしようもないのだ。

――そのままで可愛いよ。

真子の言葉が、地味に一番堪《こた》える。

十キロオーバーのままで、いいわけはない。真子だって私と同じ体型になったら、血眼《ちまなこ》になってダイエットするはずだ。

鏡と向き合うと、さらに気分は暗くなった。

サプリを飲んで、すぐに自分の容姿が変わるとは思っていない。でも、それでも、縋《すが》らずにはいられない。

私はサプリを舌の上に乗せると、洗面台に置いてあるうがい用のコップに水を注ぎ、一気に飲み干した。

当然なのだけど、何の味もしなかった。

カプセルが喉を落ちていく感触があったけれど、それもすぐになくなった。

部屋に戻って、特にやることもないので、MMORPGにログインして、同じギルドのメンバーと素材集めに行った。

ゲームの中の私は、現実とは違って、細身で美しいエルフだ。

自分とは違う容姿になれるのが、ゲームのいいところだし、ギルドのメンバーも、私のリアルの姿を気にしない。

アバターを見て、可愛い、綺麗だと言ってくれる。

ただの現実逃避だけど、それでも、こうでもしないと、心が壊れてしまう。

日付が変わったあたりから、何だか、少し身体が重だるい感じがしてきたので、ゲームからログアウトした。

きっと副作用だろう。

風邪のときの症状によく似ている。

もう寝た方が良さそうだ。

窓の外には、三日月が浮かんでいた。あんな風に細くなれたらいいのに——。

私は、ベッドに横になり、瞼を閉じた。

眠気はあるのだが、どういうわけか、なかなか眠りに落ちることが出来なかった。

発汗が凄くて、身体が汗でベタベタになっている。

着替えようかとも思ったけど、思うように身体が動かない。

それだけではなく、顔の皮膚が痒《かゆ》くなった。

ニキビがあるからダメだと分かっているのに、あまりの痒さに耐えられず、何度も皮膚に爪を立てた。

ボロボロの皮膚が削れる感触があった。

出血しているかもしれない。

起きて確認したいのに、やはり身体が動かない。

熱い。

身体が熱い。

汗が止まらない――。

…………

………

……

3

眠っているときは、あれほど苦しかったのに、朝、目を覚ましたときは、倦怠感もなく、むしろ、すっきりした気分だった。

目を擦《こす》りながら洗面所に向かう。

毎朝、洗面所で鏡を見るのが、私にとって何よりの苦痛だ。自分が醜いのだという現実を突き付けられるのだ。

――あれ？

いつもなら、ため息が漏れるのだが、今日は少し違った。

ニキビの数が減っているような気がする。

顔を鏡に近付け、頬を引き伸ばすようにして確認してみる。

夜中に、あれだけ引っ掻いたのだから、出血があるかと思っていたのだが、むしろいつもより肌の調子がいいように見える。

――サプリの効果？

まさか、そんなはずはない。たった一日で、急激に変わるのだとしたら苦労はしない。

でも――。

私は、近くにある体重計に乗ってみた。

昨日より、一キロ減っている。

「嘘」

思わず声が漏れた。

あのサプリは、そんなに効果があるの？　でも、過度な期待は禁物だ。昨晩は、たくさん汗をかいたし、一キロくらいの誤差はよくあるものだ。

この日も、夜にサプリを飲んでから寝た――。

同じように、身体が重くなり、汗をかいて寝苦しい夜を過ごすことになったが、目覚めはすっきりしていた。

洗面所で鏡を覗き込むと、前の日よりもさらにニキビが減っているような気がする。

頬を触ってみても、脂っぽい感じがあまりしない。

体重計に乗ってみると、昨日より一キロ減っていた。トータルで二キロ減量したことになる。

自分の足に目を向ける。

今まで、太い棒のような足だったのに、ふくらはぎから足首にかけて、細くなったような気がする。

真っ直ぐ立つと、太ももがくっついてしまっていたのが、今は、ほんの少しだけど隙間《すきま》ができている。

まだ、サプリの効果かどうかは判然としないけれど、ニキビの数が減り、二キロ痩せたという事実は、私の心を躍らせた。

これまで、そんなことは無かったのに、何度も鏡を見て、ニヤニヤしてしまった。

重い瞼や団子のような鼻は相変わらずだけど、それでも少しだけ自信がついた気がする。

登校する足取りも軽かった。相変わらず、ミカやエリの陰口は耳に入ったけれど、心持ちが違うせいか、少しも気にならなかった。

三日目になると、頬を覆い尽くしていたニキビの数が、目に見えて減っていた。

まだ残っているけれど、ポツポツと点在する程度だ。

体重も、前日から二キロ減った。これで、合計四キロ痩せたことになる。

胴回りも足も、明らかに昨日より細くなっている。まだ、標準にはほど遠いけれど、それでも今までの自分とは違う何かになれた気がした。

四日目、真子が最初に私の変化に気付いた。

「ねぇ。美麗ちゃん、ちょっと痩せた？」

痩せた——これまで、一度だって言われたことのない言葉。こんなにも、心地いいものだとは思わなかった。

「うん。最近、ダイエットしていて……」

そう答えた声が、自分でも浮かれていると分かった。

「そうなんだ。凄い。何か、肌も綺麗になってる。どんなダイエットしてるの？」

嬉しさのあまり、危うくサプリのことを口にしかけたけれど、慌ててそれを引っ込め、「食事制限と運動」と嘘を吐いた。

使用上の注意に他言しないように書かれていたし、本当のことを言って、真子が同じサプリで痩せたり、肌が綺麗になったりするのは嫌だ。

「そうなんだ。全然、違う人みたい」

「そうかな？」

「でも、あんまり無理しないでね。急激に体重落としたりすると、身体壊しちゃうから」

私のことを心配する言葉に聞こえるが、本心は違うはずだ。

これまで、自分を引き立たせるための比較対象にしていた私が、痩せることが気に入らないのだ。

結局、真子はそういう女なのだ。

五日目にもなると、ミカやエリはもちろん、クラスの他の生徒たちも私の変化に気付き始めた。

ミカとエリは、「デブがちょっと痩せても、デブだから」と辛辣《しんらつ》な言葉を投げつけてきたけれど、それよりも、痩せたことを賞賛《しょうさん》する声の方が多かった。

「ねぇ、ねぇ、どんなダイエットしてるの？」

「食事制限と運動」

「ダイエットすると、肌も綺麗になるの？」

「食事制限したのが影響しているのかも」

「ええ。私も食事制限しよっかな」

これまで、誰からも話しかけられなかったのに、こんな風に自分の周りに人だかりができるのが、堪《たま》らなく嬉しかった。

帰宅すると、ママからも痩せたことを指摘されて、少し困った。

一緒に生活しているママは、私が運動していないことも、食事制限をしていないことも知っている。クラスメイトと同じ理由は通用しない。

詳しいことは言わず、ダイエットサプリを飲んでいるとだけ答えた。会社名とか、商品名を言わなければ、口外したことにならないはずだ。

「そのサプリ大丈夫なの？　悪い成分が入っているやつも、あるっていうじゃない？」

心配性のママは眉を顰《ひそ》める。

「平気だよ」

私は、逃げるように自分の部屋に戻った。

机の抽斗《ひきだし》の奥に仕舞ってあった手鏡を取り出し、そこに映る自分の顔を見つめる。

改めて見ると、顎のラインもすっきりしてきたし、ニキビが無くなって、格段に肌が綺麗になった。

――あれ？

これまで、重かった一重の瞼が、うっすら二重になっている。

もしかしたら、これも体重が減ったことが影響しているのかもしれない。カサカサだった薄い唇も、瑞々しく感じる。

——私、痩せたら、全然ブスじゃないかも。

翌日、学校に行くと、真子が心配そうな顔で駆け寄って来た。

「美麗ちゃん。本当に大丈夫？」

「何が？」

「急激に痩せている気がする。無理し過ぎると、身体に悪いよ」

あたかも、心配しているように振る舞っているが、それは本心ではないはずだ。

「別に無理してないよ。全然、平気だから」

「あのさ。もしかして、変な薬とか使ってない？」

「何のこと？」

「最近、ダイエットサプリと称して、ヤバい薬を売りつける人がいるって、ネットの記事を見たから……」

「そんなわけないでしょ！」

思わず大きな声が出た。

「いや、でも、やっぱり最近、美麗ちゃんおかしいよ」

今なら、真子より私の方が痩せている。心配しているふりをして、私の邪魔をしようとしているのだ。

そういう偽善がむかつく。

無性にイライラした。

「別におかしくないよ」

「でも、心配だよ」

――は？　そんなわけないくせに！

いったい何なの？

ウザい。ウザい。ウザい。

「おかしいのはそっちでしょ？　他人のことを気にしている暇があったら、自分も少し痩せたら？」

私は吐き捨てるように言うと、真子に背中を向けてその場を立ち去った。

真子は、後ろめたさがあるのか、それ以降、私に話しかけてくることはなかった。

でも、寂しさはなかった。

今の私には、友だちがたくさんいる。

これまで、話したことのないクラスメイトたちと、ダイエットについての話をいっぱいした。

帰宅すると、感じたことのない疲労感を覚えた。

薬の副作用である倦怠感とは違う。もっと、重くて、脳が痺《しび》れるような奇妙な感覚だった。

ただ、それが心地いいとすら感じた。

次の日、土曜日ということもあり、ママにお小遣いを貰って美容院に行くことにした。

今まで髪は、自分の顔を隠すための道具の一つだったけれど、もう、そんなことをする必要はない。自分の好きな髪型にしてもらおう。

こんな気持ちで美容院に向かうのは、初めてのことだった。舞踏会《ぶとうかい》に向かうシンデレラの気分だ。

美容院で、髪を整えてもらったときに、髪質がいいと褒められた。

自分で触ってみると、以前とは手触りが違っているように感じられた。

カットを終えて、鏡に映る自分の姿を見た瞬間、驚きのあまり声が出なかった。

――これが私？

髪型を変えただけなのに、顔をすげ替えたかのような衝撃があった。

「美麗ちゃん。どうしたの？」

帰宅すると、ママが私以上に驚きの声を上げた。

「どう？」

笑顔で、くるっと一回転すると、ママの顔はみるみる笑顔になった。

「凄く可愛くなってるわよ」

「でしょ」

「でも……急にそんな……」

「サプリのお陰だよ。体重減っただけじゃなくて、ニキビも無くなったし」

本当は、もっと自慢したかったけれど、変な疑いをかけられそうだったので、会話もそこそこに自分の部屋に入った。

4

これまでの私は、月曜日になると憂鬱《ゆううつ》な気分に支配されていた。

学校に行き、俯いて過ごすのかと思うと、それだけで気分が滅入ったし、ミカやエリの陰口を想像するだけで、死にたい気分になった。

だけど、今日は違った。

早く、今の自分を他の誰かに見て欲しいという高揚感《こうようかん》で満たされていた。

鏡の前に立ち、ママの化粧水とクリームを塗ってみた。肌の艶が増した気がする。ファンデーションを塗ると一気に顔が明るくなった。

眉毛を整えて、アイラッシュカーラーでまつ毛を上げると、目力が増した。

それから、コンビニで買った色付きのリップも塗ってみた。

「やばっ」

思わず声が漏れた。

体重は、もう平均値になっているし、これなら大丈夫だと、制服のスカートを折って、膝上丈にした。

たったそれだけなのに、何かとてもいけないことをしている気分になった。

登校すると、私の変貌《へんぼう》ぶりに教室がざわついた。

「太田って、あんなに可愛かったっけ？」

耳に入ってきた男子の声に、舞い上がりそうになったけれど、平静を装《よそお》う。

可愛いと言われることが、当たり前みたいに、澄ました顔で席に着いた。私を追いかける男子の視線が、本当に気持ち良かった。

「何あれ？」

「マジでウザいんだけど」

ミカとエリが、聞こえよがしに言っていたが、全く気にならなかった。

だって、二人の声から滲《にじ》み出てくるのは、これまでのような蔑みではなく、羨望だったから。

真子が、ちらっと視線を向けてきたが、先週のことがあるからか、声をかけてくることはなかった。

今までとは違って、休み時間の度に、男子生徒から声をかけられた。中には、連絡先を聞いてくる男子もいた。

掌返しをするクラスメイトたちを、嫌だとは思わなかった。

——綺麗になるって本当に素晴らしい。

心の底からそう思った。

楽しい気分を抱えたまま、教室を出て、昇降口に向かっているところで、真子に声をかけられた。

「何？」

ついつい声に棘《とげ》が混じる。

「本当に大丈夫なの？」

「何が？」

「やっぱり急に痩せ過ぎだと思う。無理なこととかしてない？」

――またその話か。

「平気だって言ってんじゃん」

「でも心配だから」

心配している演技が、本当に気持ち悪い。

「嘘。そうやって、友だち面《づら》して、本当はずっと私のこと引き立て役にしてたんでしょ」

「違うよ。友だちだから……」

――は？

どの口が言ってんだ！　偽善者が！

「よく言うわ。もう、私は、あなたの引き立て役じゃないから」

「そんなつもりないよ」

真子は、目に涙を溜めている。

その目でこっちを見るな！　そういうところがウザい。

どうして、今までこんな奴と友だちだったのだろう？　本当にイライラする。

気付いたときには、私は自分の指の爪を噛んでいた。

「悪いけど、もう、私に話しかけないで」

私は、それだけ言うと、真子の前から立ち去った。

せっかく、楽しい一日だったのに、真子のせいで全部が台無しだ。イライラが収まらなかった。

昇降口で靴を履き替えているときに、誰かが私の前に立った。武英君だった。

「あ、武英君。今、帰り?」

これまでなら、ろくに話も出来なかったのに、自然に言葉が出た。

きっと、自分に自信が持てたからだろう。今の容姿なら、武英君に話しかけても、全然変じゃない。

「これ、落としたけど」

武英君が、折り畳んだハンカチを、私の方に差し出してきた。

「え?」

薄い青色のハンカチだった。

——私のじゃない。

そう言おうとしたのだけれど、武英君は、私にハンカチを押しつける。そして、「病院に行った方がいい」とだけ言い残して、そのまま立ち去ってしまった。

——どういうことだろう?

武英君は、少し風変わりだけど、このハンカチはいったい何の意味があるのだろうか?

手に持った感じからして、折り畳まれた中に、何かが入っている。

——もしかして?

武英君が、不器用なかたちでプレゼントを渡してくれたのだとしたら? そんな期待が生まれてしまった。

　触ってみた感じからして、中には小さくて硬い何かが入っている。折り畳まれた紙のような気もする。

　もしかして、電話番号とか、ＳＮＳのアカウントとかが書かれた紙かもしれない。中を確かめたいけれど、他の誰かに見つかるのは恥ずかしい。

　私は、大切にハンカチを持って、足早に帰宅した。

　部屋に入って、机の上にハンカチを置くと、大きく深呼吸をしてから、ゆっくりとハンカチを開く。

　中に入っていたのは、赤いネイルチップだった。

「何これ？」

　期待をしていた分、落胆してしまう。

　私は、ネイルチップは付けていない。武英君が、これを私のものだと勘違いして、渡してきたのかもしれない。

　でも――。

　考えようによっては、これはチャンスだ。

　明日、武英君に間違えていることを伝えよう。それをきっかけに、色々と話が出来るかもしれない。

　そう考えると、このネイルチップの持ち主に感謝だ。

　私は、ネイルチップを摘んで、じっと見つめた。

――ん？

何かがおかしい。

赤いネイルチップだと思っていたけれど、よくよく見ると、そうではない。

これは――。

人間の爪だ。

赤かったのは、血が付着していたからだ。

それに気付くのと同時に、私は爪を放り投げ、椅子を引いて机から離れた。

恐怖で身体が縮こまる思いだった。

こんな気味の悪いものを渡してくるなんて、武英君は、イケメンだけど、ヤバい人なのかもしれない。

ふと、武英君が、ハンカチを渡すときに言っていた言葉が脳裏を過《よぎ》る。

――病院に行った方がいい。

あれは、いったいどういう意味だったのだろう？　なぜ、私に病院を勧めたのか？　今になって、あの言葉が、途轍《とてつ》もなく恐ろしいものだったように思える。

私は、おそるおそる、自分の右手に目を向けた。

「な、何で……」

人差し指の爪が、なくなっていた。

今は凝固《ぎょうこ》しているけれど、出血の痕《あと》があった。

――この爪は、私の爪なの？

爪は、こんなに簡単に剝《は》がれるものなの？　なぜ、爪が剝がれているのに、痛みを感じなかったの？

いや、痛みどころか、気付くことさえなかったのはどうして？

あまりのことに、呼吸が荒くなる。

私は、左手の人差し指の爪に触れてみた。

僅かな力だったはずなのに、ずるっと爪が剝がれ落ちた。

だらだらと流れ落ちる血を見つめながら、私は堪《たま》らずに悲鳴を上げた。

5

翌日、両手の指に包帯を巻いて学校に行った――。

休むという選択もあったのだが、せっかく、周囲の環境が変わり始めたのに、ここで家に引きこもったりしたら、また元通りになる気がした。それに、一人で家にいるのが恐ろしかった。

誰かと一緒にいないと、気が狂いそうだ。

ママには、爪が剝がれたことは言っていない。もし言えば、余計な心配を与えることになるし、サプリのことも詳しく言わなければならなくなる。

今は、ただ爪が剝がれただけだ――と自分に言い聞かせた。

「手、どうしたの？」

クラスメイトたちに訊ねられたので「火傷しちゃった」と、適当な嘘を吐いた。

ふと、自分に向けられた視線を感じた。

武英君だった。

彼だけは、私の爪が剝がれたことを知っている。

何か言われるのではないかと、気が気ではなかったけれど、一瞬目が合っただけで、すぐに興味を失ったのか、顔を背けてしまった。

そうだ。ハンカチを返し忘れた――などと考えているうちに、授業が始まった。

包帯を巻いた自分の手を、何度も見る。

そんなことをしても、何も変わらないのだけれど、それでも、そうせずにはいられなかった。

爪は、なぜ剝がれたのか？　やっぱり薬の副作用なのだろうか？　でも、注意書きには、そんなことは一言も書いてなかった。

「太田さん」

私の思考を遮《さえぎ》るように、先生に名前を呼ばれた。

「は、はい」

「八ページ目を読んで下さい」

「はい」

私は、すぐに教科書を持って立ち上がる。

立ち眩《くら》みがした。

倒れそうになり、慌てて机に手を置いた。

その途端、ボタボタッと何かが机の上に垂れた。

——え？　何？

見ると、机の上が大量の血で濡れていた。

「鼻血とかウケる」

ミカが冷やかすように言った。

——鼻血？

鼻の下に手を当てると、包帯がみるみる赤く染まった。

息が苦しい。

何がどうなったか分からないけれど、鼻から大量の血が溢れ出している。

ぶつけたわけでもないのに、どうして急に鼻血が？

「太田さん。とにかく一旦座って」

先生に言われて、私は椅子に座り直し、鼻血が溢れないように上を向く。

——どうして、こんなことになってるの？

みんなの前で鼻血とか、恥ずかしい。早く止まって欲しい。

何とか、鼻血を抑えようと、上を向いて指で鼻を摘むと、メリッと何かが剝がれるような嫌な音がした。

「きゃっ！」

隣の席に座っていた女子生徒が、悲鳴を上げながら私から離れた。

――え？　何？

ボタッと音がして、机の上に何かが落ちた。

それは、鼻だった。

私の鼻――。

顔から鼻が捥《も》げてしまった。

――嘘でしょ。何で？

「ちょっと。ヤバいんじゃない？」

「てか何あれ？」

ミカとエリの声が、私の鼓膜を引っ搔く。

二人だけではない。クラスのみんなが、口々に何かを言い始める。何を言っているのかは、分からないけれど、とにかく不快だった。

声が響く度に、頭が締め付けられるように痛くなる。

うるさい。うるさい。うるさい。うるさい。うるさい。うるさい。うるさい。うるさい。うるさい。うるさい。うるさい。うるさい――。

「黙れ！」

私は、叫びながら髪を搔き回した。

たったそれだけなのに、ブチブチッともの凄い音がして、髪の毛がごっそりと抜け落ちた。

いや、抜けたのは髪だけではない。

頭皮も剝がれ、びちゃびちゃと鈍い音を立てながら、床を赤黒く濡らした。

教室に悲鳴が響く。

「ちょっと！　何かヤバい病気なんじゃない！　伝染するから、早く出て行ってよ！」

ミカが立ち上がり声を上げた。

この女は、いつも、いつも、いつも、いつも、いつも——私が何をしたというの？

こんな状態になっているというのに、心配ではなく、因縁をつけるなんて、どうかしている。

そもそも、私がこんなことになっているのは、全部、この女がいけないんだ。

私は、気付いたときには、ミカの許に歩み寄っていた。

「ちょっと。近付かないでって言ってんでしょ！」

「死ね！」

私は、ミカの言葉を掻き消すように叫んだ。

これまで溜め込んでいた黒くて、どろどろとした感情が、強い殺意となって私の身体の中を駆け巡った。

抑えが利かず、気付いたときにはミカの首を摑んでいた。

このまま、首を絞めて殺してやりたい——本気で、そう思った。

目の前が急激に暗くなり、その後、何が起きたのかはよく覚えていない。ただ、気付くと教室は静寂に包まれていた。

皆、私に視線を向けたまま、時間が止まったかのように固まっている。

「え？」

我に返った私は、右手に何かを摑んでいることに気付いた。

それは――。

ミカの頭だった。

眼球が半分飛び出し、口から吐き出された血で、顎が赤く染まっていた。

――な、何これ？

足許に、首から上を失ったミカの身体が転がっていて、ピクピクと手足が痙攣《けいれん》していた。

もしかして、首が取れたってこと？　私が、やったの？　そんなわけない。だって、人間の首が、そんなに簡単に取れるはずないんだから。

そうだ。これはドッキリか何かだ。もしくは、夢に違いない。

そう思おうとしたけれど、教室の中に充満する血の匂いが、これは現実だと告げていた。先生やクラスメイトたちの顔は、恐怖に慄《おのの》いていた。

そんな目で、私を見ないで――。

見るな。見るな。見るな。見るな。見るな。

私は、ミカの頭部を投げ捨てると、教室を飛び出した。

何処《どこ》に向かっているのか、自分でもよく分からなかった。ただ、この場所から逃げ出したいという一心で走った。

…………

…………

……

6

遠くで、サイレンが鳴り響く音がした。

救急車と警察車両の異なる音が入り交じり、鼓膜が破れそうなくらいにうるさかった。

私は、学校の近くにある児童公園の公衆トイレの便座に座り、途方に暮れていた。真子とよく、一緒に来た公園だ。

これから、どうすればいいのか分からなかった。

爪が剝がれ、鼻が捥《も》げてしまった。もう、痩せるとか、そういう次元ではない。

問題は、それだけじゃない。

私は人を――ミカを殺してしまったのだ。

首を引き千切るという、とんでもない方法で。

あんなこと、普通の人間には出来ない。きっと、私はもう人ではなくなってしまったのだ。

鼻が捥げ、大量に出血しているのに、痛みすら感じないのが、その証拠だ。

何とかしなくては――と思うのだけれど、何も方法が思い付かない。ずっとここにいれば、すぐに警察に見つかってしまう。

逃げなきゃ――でも、何処に？

家には、もう警察が向かっているに違いない。そもそも、こんな酷《ひど》い顔を、ママに見せるなんて出来ない。

溢れ出した涙を拭っていると、個室のドアがコンコンとノックされた。

――もう警察が来たの？

私は、立ち上がって後退《あとずさ》ったけれど、狭い個室の中に、逃げ道など無い。

「美麗ちゃん。いるんでしょ」

聞こえてきたのは、真子の声だった。

――どうして？

聞き返そうとしたけれど、慌てて口を両手で押さえた。ここで答えたら、自分の居場所を教えることになる。

「大丈夫だから。私の他に、誰もいないから。お願い。ここを開けて」

真子が、そう続ける。

――一人で来たの？

「なぜ？」

思わず声が出てしまった。

すると、ドア越しに真子が安堵《あんど》の息を漏らした。

「良かった。やっぱり美麗ちゃんだ」

「真子……」

「ここを開けて。私に出来ることなら、何でもするから。私は、美麗ちゃんを助けたいの」

「助ける？　何で？」

「何でって……友だちでしょ」

――友だち。

その言葉が、私の胸の深いところに突き刺さった。

「ち、違うよ。だって、私は、鼻も取れて、血塗《ちまみ》れで、だから……」

「外見が変わっても、友だちは友だちでしょ」

――そうだった。

真子は、どんなときだって、私と友だちでいてくれた。それなのに、私は、自分の容姿のことばかり気にして、真子を遠ざけてしまった。

ずっと、真子は私のことを心配してくれていたのに……。

私も、真子と話したい。

その衝動に駆られて、私は個室のドアを開けた。

鼻が無くて、頭皮が剝がれた、化け物のような私を、真子は笑顔で抱き締めてくれた。

温かかった。

本当に、温かかった。

私は、泣きじゃくりながら、サプリのことも含めて、自分に何があったのかを真子に全部話した。

真子は、私の言葉を「うんうん」と優しく頷きながら聞いてくれた。最初に、真子に「大丈夫？」と聞かれたときに、本当のことを話していたら、こんなことにならなかったのかもしれない。

痩せたことで有頂天になって、本当に大切なものを見失っていた。

真子は、私に起きた異変は、そのサプリにあるのでは、と指摘した。混乱していて、思い至らなかったけれど、冷静になればその通りだと思う。

真子は、一緒に病院に行ってくれると言った。

そうすれば、ボロボロになった顔を治せるかもしれないし、ミカのことも、サプリのせいだと証明出来る。

話し終え、この先、どうすべきか分かったことで安心したのか、私は力が抜け、トイレの床に座り込んでしまった。

必死に繋ぎ止めようとしたけれど、意識がどんどん遠のいていく——。

目の前が、ブラックアウトした。


でも、それはほんの一瞬のことで、私はすぐに目を覚ました。

さっきまで目の前にいた、真子の姿が見えなくなっていた。

——あれ？　真子？

私は、真子を探して立ち上がったのだけど、ずるっと床が滑って転倒してしまった。

床が濡れていた。

誰かが水を撒いたのだろうか？　いや、そうではない。

床を濡らしていたのは、夥《おびただ》しい量の血だった。

「な、何？　何なの？」

周囲を見回した私の目に、とんでもないものが飛び込んできた。真子が、床に倒れていた。

目を見開き、苦悶《くもん》の表情を浮かべている真子は、手足を引き千切られ、首があらぬ方向に曲がっていた。

ひと目見て、死んでいると分かった。

——これも私がやったの？

「いやぁ！」

私は必死に叫び声を上げた。

だけど、そんなことをしても、現実は何一つ変わらなかった。

7

私は、呆然自失《ぼうぜんじしつ》のままトイレの床に座り込んでいた。

血に染まった両手に目を向ける。

何だか、指の何本かが不自然な方向に曲がっている上に、黒ずんでいるようにも見えた。スカートから出ている足も、黒く変色している部分があった。

でも、痛みはなかった。

自分の身体ではなくなってしまったかのようだ。

「ここにいましたか」

声とともに、誰かがトイレの出入り口に立った。

逆光で影になっていて、よく見えない。

そこにいるのが、誰であったにせよ、この惨状を見たら、悲鳴を上げて逃げ出すに違いない。きっと警察を呼ぶだろう。

別に、もうどうでも良かった。この先、私がどうなろうと、何もかもが、どうでも良かった。

「これは、酷い有様ですね……」

場違いなほど、呑気《のんき》な声が聞こえてきた。

「え？」

入り口に立っていた人物が、ゆっくりトイレの中に入って来た。

影になっていた顔が見える。

スーツを着た、三十代後半くらいの男性だった。痩せ型で、メガネをかけ、いかにもインテリ風に見える。

「あなたは……」

「あ、そうですね。申し遅れました。私は、ディアナ・バイオテクノロジーの佐藤と申します」

佐藤と名乗った男は、名刺を差し出して来た。

サプリを作った会社の男。それを認識すると同時に、私の中で強烈な怒りが湧き上がった。

「あんたのせいだ！　あんたのせいで、真子が死んだ！　真子を返せ！　私の顔を返せ！」

私は、叫びながら佐藤に摑みかかろうとする。

「ちょっと。落ち着いて下さい。あなたを、治す方法があります。でも、私を殺したら、永久にそのままですよ」

佐藤の言葉で動きが止まる。

「ほ、本当なの？」

「ええ。本当ですよ」

「ま、真子は？」

「真子って誰です？　ああ、床の上でバラバラになっている人ですか。死んでしまったものは、もう無理ですよ」

佐藤がおどけた調子で言った。

「人が死んでるのに、どうしてそんな……」

「私を責めるのは違いますよね。だって、殺したのは、あなたなんですから」

「で、でも……全部、サプリのせいで……」

「まあ、多少は関係ありますけど、やったのは、あなた自身です。最初の注意書きにも、いかなる事象についても、一切の責任を負わない旨が記載されているはずです」

「………」

「それで、どうします？　我々は、あなたを治すことが出来ますが、一緒に来ますか？」

今の私には、もう真子が死んだことに対する怒りも、悲しみもなかった。それよりも、早く元に戻りたいという欲求に駆られていた。

酷い人間だと自分でも思う。結局、自分のことばかり考えている。

だけど――。

「お願いします。治せるなら、治して下さい」

私が佐藤に懇願《こんがん》すると、彼はにっと口角を吊り上げて笑った。

「では、ついて来て下さい」

佐藤に促され、公衆トイレを出た。近くの路上には、高級外車が停めてあって、それに乗るように言われた。

私は、素直に車の後部座席に乗り込む。佐藤が運転席に乗り、車が走り出した。

「いったい、私に何のサプリを使ったんですか？」

私は、ルームミラー越しに佐藤を睨み付けながら言った。

爪や鼻、頭皮が剥がれるなんて、普通じゃない。こんなことになるなんて、どう考えてもおかしい。

「ああ。あれはサプリなんかじゃありません」

「え？」

「簡単に言えば。機械を仕込んだんですよ」

「？」

「機械と言っても、細菌やウィルスのように、目に見えないほどの極小の機械。ナノマシンです」

何となく、耳にしたことがある。

だけど、それはアニメや映画の話であって、現実に、そんなものがあるとは、到底思えない。

「嘘ですよね？」

「本当です」

そう答えた佐藤の顔は、急に真顔になった。

「ナノマシンの開発は、あなたが思っている以上に、進んでいるんです。日本では、開発が遅れていますが、諸外国では、難病の治療などに役立てようという動きが盛んです」

「それを、私の身体に？」

「はい。人間の身体を内部から作り替えるようにプログラムしたナノマシンを、あなたの体内に送り込んだんです」

「…………」

「ナノマシンは、あなたの細胞を取り込みながら、自己増殖し、遺伝子情報を書き換え、脂肪を溶解させて、あなたを痩せさせることに成功した」

「…………」

「でも、顔の造形を作り替える段階で、バグが発生してしまったようです。そのせいで、あなたの顔は崩れることになった」

話を聞いているだけで、頭がくらくらしてきた。

佐藤の語る話は、まるで現実味がない。妖怪や幽霊の仕業だと言われた方が、まだ納得出来る。

いや、今は信じるとか、信じないの話ではない。

「どうやって治すんですか？」

「さっきも言いましたが、あなたの身体の中に入っているのは、ナノマシンです。特定の電流を流してやれば、死滅するように出来ています」

「で、電気……」

「そんなに怖がらなくても大丈夫です。人間には害のない程度の、極少量の電流ですから。あっ、そうか。もしかしたら、電磁波が影響したのかもしれませんね。スマホとか、電子レンジとか、そういったものが、ナノマシンの機能を誤作動させたのかも……」

佐藤は何が楽しいのか、ニヤニヤしながら喋り続けている。

自分の中に機械が入っているなんて、未だに信じられないが、それでも、自分の周りで起きたことを考えれば、納得せざるを得ない。

ただ、痩せたくてサプリを飲んだだけなのに、どうしてこんな……。

「あ、到着しました」

佐藤は、そう言って車を停車させた。

白い箱のような建物の前だった。

窓が一つも無いせいか、建物というより、巨大な石柱のようにも見える。

「さあ、降りて下さい」

運転席から降りた佐藤が、私に声をかけてくる。

治すとか言って、佐藤はまた私を騙すつもりなのかもしれない。だけど、こんな崩れた顔のままでは、何も出来ない。おまけに、人を二人も殺してしまったのだ。他に選択肢は無かった。

私は、黙って車を降りた。

足許がふらついて、その場に頽《くずお》れそうになったけれど、何とか踏ん張った。

「こっちです」

佐藤に案内されて、何もない白い壁に囲まれた廊下を進み、突き当たりを左に曲がる。

さっきまでとは打って変わって、廊下の左側にはスライド式の扉が等間隔に並んでいる。

「ここです」

佐藤は、一番手前の扉を開けて中に入る。

後に続くと、そこは、使用用途の分からない様々な機械が並んでいて、何かの研究室のように見えた。

「どうぞ。座って下さい」

佐藤が、部屋の中央に置かれたリクライニングチェアを指し示したけれど、素直に座る気にはなれなかった。

——どうして、こんなことになったの？

その疑問がぐるぐると頭の中を回る。いったい、何処で間違えたのだろう？　真子の忠告を聞かなかったときだろうか？　いや、もっと前だ。あんなサプリ飲まなければ良かった。今になって考えれば、あの注意書きは、どう考えてもおかしい。

そもそも、広告をクリックして、応募なんてしなければ良かったのだ。

全ては、楽をして痩せようとした自分の甘さだ。

外見だけで、人間の価値が決まると思い込み、外見さえ変われば、何もかもが上手くいくと勘違いした愚かさだ。

「どうしたんですか？　座らないんですか？」

「す、座ります」

私は、そう答えるしかなかった。

どんなに後悔しても、全てが手遅れだ。せめて、元の身体に戻りたいと思う。

私が椅子に座ると、佐藤がリクライニングチェアの周辺にある機械のチェックを始めた。

「あ、そうだ。言い忘れていました」

佐藤は、作業をしながら思い出したように言う。

「え？」

「身体を治すことは出来ます。でも、見たところ、手足はダメなようですね。壊死《えし》してしまっている部分が、結構あります。そうか、無理な力を出したことで、肉体が耐えられなかったんですね」

「…………」

「でも、安心して下さい。別の手足を付ければ済む話ですから」

「別のって……」

そんなロボットみたいに、手足をすげ替えるなんて、出来るはずがない。

「大丈夫ですよ。あと、顔も鼻が壊死してますから、そのままは無理ですね。まあ、でも、どのみち、あなたには関係ありませんね」

「関係ないって、どういうことですか？」

訊ねる私を遮るように、佐藤が注射器を首筋に宛《あ》てがった。

痛みはなかった。

ただ、強烈な眠気に襲われ、私は意識を失った。

…………

…………

……

目を覚ますと、視界がゆらゆらと揺れていた。

音も聞こえない。

まるで、水の中に潜っているような感覚だった。

身体を動かそうとしたけれど、うんともすんとも言わなかった。

——どういうこと？

混乱している私の顔を、佐藤が覗き込んできた。その顔はぐにゃりと歪んでいた。

佐藤が、何かを言ったのだけど、何と言っているのかは聞こえなかった。

——ねぇ！　どうして身体が動かないの！

そう問いかけようとしたのだが、口も全く動かなかった。

佐藤は、私を見てニコッと嬉しそうに笑うと、鏡を取り出し、私に見えるように翳《かざ》した。

そこに映っていたのは——。

水に満たされた円筒型の瓶だった。

そして、その中には、たくさんのケーブルに繋がれた剥《む》き出《だ》しの脳と眼球が入っていた。

――これが私？

悲鳴を上げようにも、口が無いのだから、それすら出来ない。

こんな姿になりたかったんじゃない。

私は、ただ綺麗になりたかっただけなのに――。

第五話　誘う

1

「あれ？　久保田《くぼた》君だよね」

声をかけられた久保田久弘《ひさひろ》が顔を上げると、そこには一人の女性の姿があった——。

「えっと……み、美月《みつき》姫？」

たどたどしい返答をしてしまったのは、久しぶり過ぎて、彼女のことが分からなかったからではない。

十三年という歳月が経っているのに、当時と変わらない彼女の姿が眩《まぶ》しかったからだ。

「そう。久保田君、元気そうだね」

美月姫が、そう言って柔らかい笑みを浮かべた。

それを見て、久保田の中に当時の記憶が一気に蘇《よみがえ》った。

久保田が、美月と交際していたのは、大学二年生から四年生までの二年間だった。その間に、本当に色々なことがあった。どれも、楽しい思い出ばかりだと言っても過言《かごん》ではない。

感情が、当時に引き戻されそうになったが、何とか踏み留まった。

昔のように、「ひーくん」ではなく、「久保田君」という呼び方をしていることが、二人の間に流れた時間を象徴している。

「そうだね。そっちも……」

危うく「綺麗だ」と言いそうになったのだが、慌ててその言葉を呑み込んだ。

神永学 作家デビュー20周年ラインナップ

『ラザロの迷宮』

すべての推理が裏切られる快感！誰もこの「館」から抜け出せない――。

定価：1,980円(10%税込)　新潮社

『悪魔の審判』

闇を葬るために、闇になれ。
我が身を顧みず人を守る男がここにいる。

定価：2,200円(10%税込)　講談社

3月15日発売

『心霊探偵八雲 INITIAL FILE 幽霊の定理』

特殊設定×推しキャラ×
どんでん返しの神業ミステリ。

定価：891円(10%税込)　講談社文庫

『心霊探偵八雲 INITIAL FILE 魂の素数』

心霊と数学で推理せよ。
最強バディ・ミステリ！

定価：825円(10%税込)　講談社文庫

美月姫の左手の薬指に、指輪が嵌《は》まっているのに気付いたからだ。別れを切り出したのは、久保田の方なのだ。それに、長い年月が経っている。彼女が結婚していたからといって、責めたり、落胆したりするのはお門違《かどちが》いだ。

頭では分かっているが、ざわっと気持ちに波が立つ。

店内に咳払いが響いたことで、一気に現実に引き戻される。

今は、コンビニのレジで接客中だった。美月姫の後ろに並んだ客が、早くしろと催促をしてきたのだ。

久保田は、慌てて商品のバーコードを読み込んでいく。本当は、美月姫と言葉を交わしたかったのだが、視線を合わせることすら出来なくなってしまった。

三十五にもなって、フリーター同然である自分のことが、急に恥ずかしくなった。

美月姫は、高級そうな服に身を包んでいる。持っているバッグも、ハイブランドのものであることが分かる。

会計に差し出されたカードはブラックだった。玉の輿に乗ったのだろう。

「仕事中にごめんね。つい、懐かしくて」

美月姫は、囁《ささや》くように言うと、そのまま立ち去って行った。

揺れる彼女の髪から漂う香りは、十三年前とは、全く違うものだった。

並んだ客を、黙々と処理した。

一段落し、大きく伸びをしたところで、また新たな客がやって来た。

美月姫だった。

彼女は、客が捌《さば》けるまで、待っていたらしい。

――なぜ？

久保田が驚いた顔をしていると、美月姫は何も言わずに、折り畳んだ紙をカウンターの上に置き、小さく笑みを浮かべて、コンビニを出て行った。

手に取り開いてみると、そこには、無料メッセージアプリのＩＤが記されていた。

彼女が、再び自分と繋がりを持とうとしてくれている。すぐにでも連絡したい。だが、久保田はバイトを終えた後も、連絡することが出来ずにいた。

一人帰宅して、六畳一間のアパートの布団に寝転び、薄汚れた天井を見上げると、自然と美月姫の美しい顔が浮かんだ。

久保田が美月姫と出会ったのは、大学の演劇サークルだった。

元々、演劇に興味があったわけではない。同じ学部の佐藤に誘われて、彼が所属する演劇サークルに見学だけのつもりで見に行ったのが始まりだった。

それまで、何かに夢中になったことのない久保田だったが、演劇との出会いは衝撃的で、すぐにのめり込むようになった。

芝居の演目によって、異なる役を演じることが出来るというのが、飽き性の久保田には合っていたのかもしれない。

何より、空っぽの自分が、特別な何かになれたような気がした。

その演劇サークルの一年後輩として入って来たのが、美月姫だった。透き通った美しさに誰もが魅了され、熱を上げた。

久保田は、そうした男たちを蹴散《けち》らし、美月姫の恋人という地位を摑み取った。

誰もが羨む美しい恋人がいて、演劇に情熱を注ぐ。あの頃の久保田は、青春を謳歌していた。

周囲が就職活動を始めても、久保田は演劇の熱が冷めることはなかった。

その頃から、美月姫との関係が悪化していった。

彼女は、久保田に就職を勧めてきた。久保田が役者として、生きていきたいことを伝えると、やんわりとではあるが、それを否定してきた。

役者として大成する人間は、一握りどころか、一摘み程度だということは分かっていた。

ただ、当時の久保田は、自分がその一摘みなのだと信じて疑わなかった。役者として成り上がっていく姿を想像し、悦《えつ》に入ったりした。

そんな久保田を見かねたのか、美月姫が「ひーくんには、役者は無理だと思う」とはっきりと言った。

その一言が決定打となり、久保田は美月姫に別れを告げた。

自分の才能を信じない恋人とは、一緒にいられないと思った。寂しさは感じなかった。

やがて成功者となれば、自分は有名な女優たちと浮名を流すことになる。色々な女性と関係を持つには、彼女の存在は邪魔になるとすら思った。

その選択が間違いだったことは、今の生活を見れば明白だ。

残念ながら、久保田は一摘みにはなれなかった。

最初から才能が無かったのだ。

大学を卒業した後、幾つかの芸能事務所の面接に行ったが、結果は散々だった。何とか、小さな劇団に入ったものの、客入りは悪く、公演のたびに、赤字を抱えることになった。

自然と卑屈《ひくつ》になり、自分の演技力の無さを、演出や脚本のせいだと罵《ののし》り、売れている他の劇団を批判した。

そんなことをしたところで、状況が変わることはなく、次第に劇団での活動時間は減り、バイトがメインになっていった。

三十を過ぎた頃になって、ようやく自分には才能が無かったのだと自覚したが、もう手遅れだった。

二十代の頃は、バイト先の店長から、社員になることを勧められもしたが、今ではシフトを減らされる有様だ。

実家からの援助も打ち切られ、電気代を払うにも困窮している状態だ。

今のみすぼらしい姿を、美月姫に見せるわけにはいかない。だから、連絡など出来ない。でも、もう一度でいいから、彼女の顔を見たい。

悶々《もんもん》とした気持ちを抱えながら、スマホを見つめていた久保田は、妙案を思い付いた。

――そうだ。役作りということにすればいいのだ。

次に出演する作品の役作りのために、友人の経営するコンビニでバイトをさせてもらっていることにしよう。

あのときの選択を、後悔して腐っている自分ではなく、今も尚、夢を追い続けている――そんな自分を演じるのだ。

久保田は、さっきまでとは打って変わって、意気揚々とした気分で、美月姫にメッセージを送った。

2

「久保田さん。今日は、機嫌がいいですね」

バイトを終えるタイミングで、高校生のバイトの武英《たけふさ》が声をかけてきた。

喋り口調は常に気怠《けだる》げで、感情の起伏に乏《とぼ》しいタイプなのだが、アイドル顔負けのルックスで、嫉妬《しっと》すら抱かないほどだ。

武英目当てで来店している女性客も、かなりの数いるので、集客に一役買っているのは間違いない。

以前に、芸能事務所のスカウトが、店舗に押しかけて来たことがあったが、「興味ないんで」と、けんもほろろに追い返してしまったという逸話も持っている。

久保田も、武英くらいの容姿があれば、役者として大成したかもしれない――と思うが、無いものねだりをしても仕方ない。

「そんなに、機嫌良さそうに見えるか？」

「ええ」

武英が無表情に応じる。

抑えていたつもりだったが、自分より二十歳近く年下の武英に見透かされてしまうとは、情けない限りだ。

武英のような、超が付くくらいのイケメンなら、元カノとのデート如きで、浮かれたりはしないに違いない。

「まあ、ちょっとね」

久保田は、気恥ずかしさも手伝い、適当に返事をすると、制服を脱いでバックヤードから店舗を出た。

京王線で新宿に出た後、西口にある高級ホテルに向かう。

エントランスを潜ったところで、一旦、トイレに入って、鏡で何度も髪型や服装をチェックする。

再会した日から、美月姫とメッセージのやり取りをするようになった。

言葉を重ねるごとに、記憶は楽しかった頃に引き戻され、彼女に対する想いが募っていった。

美月姫も、同じ気持ちだったはずだ。

だから、食事でもしないか——という誘いに乗ってきた。

この前のような不意打ちではなく、こうやって、改めて美月姫と会えることが楽しみで仕方ないが、不安が無いわけではない。

会う場所として、美月姫はホテルのラウンジを指定してきた。

ネットで値段を見て驚いた。ソフトドリンクだけで、千円を超える。二人分の食事代を払うとなると、久保田の一週間分のバイト代が軽く飛ぶ。

場所を変えることを提案しようと思ったが、それをしてしまうと、生活に困窮《こんきゅう》していることがバレてしまう。それでは、あまりに格好がつかない。

先のことを考えるのを止め、口座に入っているお金を全部おろした。

問題は他にもある。服装だ。流石《さすが》に、格安量販店で買い揃えた服というわけにはいかない。

そこで、舞台衣装を手がけている友人に頼み込み、スーツを一式貸してもらった。

こうして鏡で改めて見ると、少しだぼついていて、袖の部分も長過ぎるような気もするが、まあ、贅沢《ぜいたく》は言っていられない。

「よし。大丈夫だ」

久保田は、鏡の中の自分に気合いを入れると、待ち合わせ場所であるラウンジに向かった。

入り口で、ウェイターに名前を伝えると、すぐに席に案内された。

美月姫はまだ来ていない。

深いソファーに腰掛け、不自然なくらい高い天井を見上げると、自然とため息が漏れた。

夢を追いかけ、ずっと金の無い生活を送っていたので、これまで高級ホテルのラウンジに足を運ぶような機会は、一度もなかった。当たり前のように、こういう場所を指定してくる美月姫とは、住む世界が違うのかもしれない。

そう思うと、どんどん不安が首をもたげてくる。

いっそ、帰ってしまおうかと思ったところで、美月姫が久保田の前に立った。

「お待たせ」

「いや。今来たところだよ」

久保田は、慌てて立ち上がると、笑顔を作ってみせた。

ただ、自分でも分かるほどに、ぎこちないものになってしまった。

「久保田君は、いつも早く来ていたわね」

「そうだっけ」

惚《とぼ》けた調子で答えながらも、心がざらついた。

メッセージのやり取りで、昔に戻れたような気がしていたが、やはり呼び名は久保田君のままだ。

浮き足立っていたのは、自分だけだったのだと思い知らされる。そもそも、美月姫は既婚者なのだ。

そんな不安も、向き合って会話を進めるうちに、みるみる消えていった。

美月姫は、久保田の話によく笑ってくれた。そういえば、交際していた頃も、そうだった。

彼女は、ころころとよく笑った。それだけではなく、久保田の語る役者論を、真剣な眼差しで聞いてもくれた。

今になって思えば、当時、久保田が役者として大成するという自信を持ったのは、美月姫が隣にいたからなのかもしれない。

彼女がいたから、自分を肯定出来たのだ。

美月姫と別れたことが、久保田の人生最大の過ちだった。

食事を終え、デザートが運ばれてきたところで、美月姫の顔からすっと笑顔が消えた。

「どうかした？」

久保田が訊ねると、美月姫は目を細めた。

「何でもない。ただ……何で、あのとき、ひーくんを応援出来なかったのかなって思って……」

——ああ。ようやく、昔みたいに呼んでくれた。

そのことが、久保田の心に響いた。

「仕方ないよ。あのときは、おれも意固地になっていたんだ」

責めていない。そう主張するために、微笑《ほほえ》んでみせた。

「違うわ。私ね、今でも後悔しているの」

「後悔？」

「うん。あのときは、将来の不安ばっかりで、自分の気持ちに素直になれなかった。大変だったとしても、ひーくんと一緒にいた方が、ずっと楽しかったのに……って」

「家庭は、上手くいっていないの？」

久保田が訊ねると、美月姫の顔が強張《こわば》った。

訊ねるべきではなかったと反省したが、もう手遅れだ。

沈黙が重かった。

だが、しばらくして、美月姫は口を開いた。

「ちゃんと言ってなかったけど、私、佐藤君と結婚したの——」

「佐藤って、あの佐藤？」

久保田が聞き返すと、美月姫がコクリと頷いた。

驚きと共に、そうだったのか――と納得する部分もあった。

久保田が美月姫と交際しているときから、佐藤が彼女に惹かれていることは知っていた。だが、気にしたことはなかった。

佐藤は、勉強は並外れて出来たが、それ意外のことは、てんで駄目だった。容姿も何処《どこ》か冴えなかったし、女性に対して免疫が無く、恋愛に奥手だった。

久保田は、自分とは真逆のタイプの佐藤を何処か下に見ているところがあった。

だが、学生という期間を終え、安定を求めた美月姫が、結婚相手として佐藤を選んだのは理に適《かな》っている。

それから美月姫は、佐藤との結婚生活における不満を、ポツポツと話し始めた。

佐藤は、大手システム開発会社に五年勤めた後、退職して起業したらしい。久保田のスマホにも入っている音声アシスタントＡＩアルテミスの開発で成功し、会社はすぐに軌道に乗った。今は自動車の自動運転システムや、医療用のナノマシンなど、幅広く開発に携わっているそうだ。

美月姫は、求めていた金銭面での何不自由ない生活を手に入れた。

しかし、日々、何の刺激もなく、退屈を持て余しているのだという。佐藤との会話はほとんどなく、結婚当初からセックスレスなのだという。

そんな状態だったので、子どももおらず、日に日に女としての自信を失っていったのだそうだ。

「おまけに、あの人は、ロリコン趣味があるのよ」

美月姫がポツリと言った。

「そうなのか？」

「私には目もくれず、少女の人形に毎日、話しかけているの。本当に、薄気味悪いわ」

話を聞きながら、久保田の中に、激しい嫉妬が湧いてきた。

こんな風に、美月姫を悲しませるなら、自分がずっと側にいれば良かった——いや、そもそも、別れを告げたのは、久保田の方なのだから、そんなことを言う権利はない。それでも……。

「ねぇ」

久保田の思考を遮《さえぎ》るように、美月姫が声をかけてきた。

「ん？」

「私ね、今日はこのホテルに泊まる予定なの」

美月姫が、上目遣いに久保田のことを見た。

その視線には、甘く淫靡《いんび》な熱が込められていた——。

3

「最近、何かあったんですか？」

品出しを終えて、レジカウンターに戻ったところで、武英から声をかけられた。

無表情で、いかにも他人に関心が無さそうなのに、武英は本当に周りをよく見ている。いや、そもそも、久保田は、今の高揚する気持ちを隠してはいない。

ホテルのラウンジで美月姫と食事をした後、そのまま彼女の宿泊している部屋で一夜を過ごした。

濃密で、刺激的な夜だった。

あれからも、幾度となく美月姫と逢瀬《おうせ》を重ねている。

彼女と再会したことから、完全に腐っていた芝居への情熱が再燃し、改めてオーディションを受けまくっている。

結果はまだだが、確かな手応えを感じている。

やはり、自分には、美月姫が必要だったのだ——ということを、改めて感じることが出来た。

「別に何でもないよ。それより、武英君はどうなの？」

久保田は、笑みを浮かべつつ話題をすり替える。

「何がです？」

「彼女とかいないの？」

「いないっすね」

こういう話題を出せば、少しは恥ずかしがるかと思ったが、眉一つ動かさない。張り合いが無いにも程がある。最近の子は、みんなこうなのだろうか？

「クラスに、気になる子とかはいないの？」

「いないです。ぼく、年上が好きなんで」

年上と言っても、高校生なら一つか二つと言ったところだろう。

「久保田じゃないか」

急に名前を呼ばれ、久保田はハッとする。

武英と話をしていたので気付かなかったが、いつの間にかレジカウンターの前に、一人の男が立っていた。

色白で、面長で、痩せ過ぎなくらい、痩せた男だった。仕立てのいいスーツからは、金持ち臭が漂っている。

年齢は重ねたが、メガネの向こうに見える、上品で涼しげな目許は、昔と全然変わっていない。

「佐藤――」

久保田が声を上げると、「覚えていてくれたか」と、佐藤が嬉しそうに目を細めた。

「もちろんだよ」

久保田は、笑顔で応じたが、心臓はバクバクと早鐘を打っていた。

佐藤が、このコンビニに来たのは、ただの偶然だろうか？　それとも、美月姫との関係を知ってのことか？

分からない。分からないからこそ、次に続く言葉が見つからない。

「いや、本当に懐かしいな。何年ぶりかな？　今も、役者を続けているのか？」

久保田の心情を知ってか知らずか、佐藤は興奮気味に声を上げる。

「十二年くらいかな。一応、今も役者をやっている」

どうしても声が硬くなってしまう。

「あ、ごめん。仕事中だったね。また、後で——」

後ろに客が並んだことに気付いたのか、佐藤は手を振りながら、その場を離れて行った。

完全な不意打ちだ。

あのまま会話を続けていたら、思わず余計なことを喋ってしまいそうだ。

いや、むしろ、佐藤は美月姫との関係に気付いている。だから、わざわざ、久保田がいるこのコンビニに来たに違いない。

——どうする？

久保田との関係がバレれば、美月姫は離婚ということになるかもしれない。それだけではなく、慰謝料を請求されるような事態に発展することもある。

何《いず》れ美月姫は、佐藤から奪うつもりでいたが、今すぐに——ということになると、話は違う。

久保田の六畳一間のアパートに、美月姫を住まわせるわけにはいかない。

いや、待て。まだ、バレたと決まったわけではない。美月姫がそうであったように、偶々《たまたま》、このコンビニに立ち寄っただけということも考えられる。

そうだ。そうに違いない。もし、久保田と美月姫の関係を知っていたら、あんなに平然としていられるはずがない。

でも——。

考えは堂々巡りを続け、何一つ結論を導き出すことが出来なかった。

「さっきの人、知り合いですか？」

客足が落ち着いたところで、武英が訊ねてきた。

「ああ。大学時代の友人だ」

「へえ。佐藤義昭《よしあき》と知り合いなんて、凄いですね」

「知ってるのか？」

驚きと共に訊ねると、武英が不思議そうに首を傾げる。

「はい。セレーネのＣＥＯの佐藤さんですよね」

「セレーネ？」

「システム開発会社ですよ。佐藤さんは、人工知能の分野において、画期的な成果を残しているんです」

「いわゆるＡＩってやつか？」

「そうです。スマホに入っている、音声アシスタントＡＩのアルテミスが有名ですけど、現在は、人間の思考を模倣《もほう》する高度ＡＩの開発も手がけているはずです」

「そうなんだ。よく、システム開発会社の社長の顔なんて、覚えていたね」

久保田が高校生の頃は、企業の社長なんて少しも興味が無かった。

「ニュートンに掲載されていましたから」

「ニュートン？」

「科学雑誌ですよ。佐藤さんは、ＡＩに自我を持たせることに注力しているんです。倫理的な観点から、批判もありますが……」

途中から、武英が何を言っているのか分からなくなった。

分かったふりをしながら、相槌《あいづち》を打っているうちに、久保田はバイトの時間を終えた。入れ替わりで入って来た大学生にバトンタッチして、バックヤードに戻った。

ロッカーの中からスマホを取り出し、すぐに美月姫に、佐藤が店に来たことを報《しら》せるメッセージを送信した。

彼女に確かめれば、佐藤の来訪が意図的なものか、偶然なのかが分かる。

返信はすぐに来た。

そうなんだ。でも安心して。あの人は、絶対に私たちの関係に気付いていないから。

そうかな？

ひーくんは心配性だな。あの人は、そもそも私に無関心だから。

美月姫に関心を持たないなんて、本当にクズだな。

笑　私には、ひーくんがいればいいから。好きだよ。

おれも。早く会いたい。

今、急用で遠くにいるから、まだ会えない。でも、すぐに会えるから安心して。

美月姫とのやり取りで、久保田の中にあった不安が和らいだ。彼女の言うように、心配し過ぎなところがあったのかもしれない。

気持ちを切り替え、着替えを済ませて裏口から店舗を出たところで、「久保田」と声をかけられた。

顔を向けると、そこには佐藤の姿があった。

気付かないふりをしようかとも思ったが、目が合ってしまった以上は、どうにもならない。

「佐藤。どうしたんだ？」

「どうした——はないだろ。せっかく再会したんだ。昔話でもしようじゃないか。久保田に、報告しなきゃいけないこともあるし」

佐藤が、ぽりぽりと気恥ずかしそうに頬を掻く。

——美月姫との結婚のことだ。

佐藤の言動から、それを察した。つまり、佐藤は久保田と美月姫との関係に、気付いていないということだ。

だが、だからと言って、のこのことついて行くのは拙《まず》い気がする。

「悪い。ちょっと用事が……」

「そう言うなよ。久しぶりの再会じゃないか。大丈夫。ちょっとだけだから」

佐藤が肩を組んできた。

——こいつは、こんなに強引な奴だったか？

何とか、断る口実を探したのだが、結局、何も見つからず、「少しだけなら」と応じてしまった。

4

久保田は、車の助手席に座っていた——。

車に詳しくない久保田でも知っているドイツメーカーの高級車だ。

インパネには巨大なモニターが設置されていて、色とりどりのアンビエントライトが車内を彩っている。おまけに、ＥＶ車らしく、エンジン音や震動が全く無い。

先進的で、ＳＦ映画に出てくる宇宙船のような感じさえある。

久保田が座っている助手席は、リクライニングはもちろん、オットマンまで付いていて、身体を包み込まれているような安心感があった。

こんな状況でなければ、眠っていたかもしれない。

「どうした。キョロキョロして」

ハンドルを握る佐藤が、声をかけてきた。

「あ、いや、凄い車だな——と思って」

「これは試作品なんだ」

「試作品？」

「そう。今、某メーカーから自動運転システムの開発を委託《いたく》されているんだ。高度な人工知能を搭載することで、より人間に近い運転を実現させるだけでなく、将来的には、車同士で相互に情報交換を行うことで、事故や渋滞というものが存在しなくなるはずだ」

「何だか恐いな」

「そうでもない。実は、今もこの車は自動運転で走っているんだ」

佐藤は、ハンドルから手を離して、シートをリクライニングさせてみせた。

「大丈夫なのか？」

「人間が運転するより、よほど安全だよ。特に、今みたいに夜の時間帯は、肉眼よりセンサーの方が精度が高いからね」

「そうなんだ」

曖昧に返事をしながら、チラリと佐藤に目をやった。

ニコニコと笑っていて機嫌は良さそうだ。この感じからして、やはり久保田と美月姫の関係は知られていないようだ。

「で、何処に向かっているんだ？」

久保田は、運転している佐藤に訊ねた。

強引に押し切られる形で、車に乗ってしまったが、行き先すら聞いていない。

「近くだから、ウチに来てくれよ」

「家に？」

驚きのあまり、声が裏返ってしまった。

「ああ。そっちの方が、落ち着いて話が出来るだろ。何なら、久保田の家でもいいぞ」

自分の家に来られるくらいなら、まだ佐藤の家に行った方がいい。

成功者である佐藤に、六畳一間の部屋を見られるのは、プライドが許さない。

「分かったよ。お前の家でいい」

美月姫は、急用で遠くに出かけているようなので、鉢合わせになることはないだろう。一応、家に行ったことは、後で伝えておいた方がいいかもしれない。

車は、ほとんど振動を感じさせず軽快に走り、一軒の家の前で停車した。

久保田の住むアパートが三軒は入ってしまいそうな大きさで、壁一面が窓ガラスになっている。ハリウッドのセレブが住みそうな前衛的な建物だった。

「凄い家だな」

「仕事場も兼ねているんだ。色々と機材を持ち込んでいるから、ずっと研究が出来る」

「お前らしいな」

佐藤は家の中でも仕事に没頭し、美月姫を蔑《ないがし》ろにしたというわけだ。

そのことに対して、怒りよりむしろ感謝の方が大きかった。そのお陰で、久保田は美月姫と再会出来たのだ。

「ただいま――」

佐藤が、玄関の前で声を上げる。

〈お帰りなさいませ――〉という女性の声と共に、玄関のドアが自動で開いた。

佐藤が玄関に入ると、これまた自動で電気が点灯した。

「凄いハイテクだな」

久保田は、驚きつつ声を上げたが、佐藤の反応は薄かった。

「スマート家電と一緒だよ。最近は、何処の家にも付いているだろ？」

「アレクサとか、そういうやつか？」

テレビのCMなどで、見たことはあるが、久保田のアパートに、そんな大層なものはない。

玄関は自分で開けるし、電気も自分で点ける。

「まあ、似たようなものだ。ただ、あの手のAIは、弱いAIと呼ばれるもので、特定の分野の中でしか、その機能を発揮することが出来ない。ぼくが、今開発しているのは、あらゆる事柄に対応出来る汎用型の人工知能。AGI（Artificial general intelligence）と呼ばれるものだ」

「へぇ」

何だかよく分からない。

「家事はもちろん、ぼくの秘書としての仕事を、一手に引き受けてくれている」

「それは凄いな」

家事だけでなく、秘書業務に至るまで、全て機械がやってしまうのだとしたら、それこそ、美月姫の仕事は、皆無に等しい。

佐藤に案内され、廊下を進み、広いリビングルームに出た。

一面窓ガラスに覆われたその部屋は、かなりの広さがあるが、物が少ないせいか、どうにも落ち着かなかった。

佐藤に促されて、向かい合ってソファーに腰掛けることになった。

すると、黒いワンピースを着た少女が、こちらに向かって歩いて来た。その顔は、何処か美月姫に似ているような気がする。

いや、違う。これは、人間ではない。動きがぎこちないし、似せてはあるが、肌の質感が人間のそれとは違う。少女の形をしたロボットだ。

「カノジョがさっき言ったAGIのルナだ。音声アシスタントAIのアルテミスは知ってるだろ。あれの進化形だ」

久保田が言うと、少女の形をしたロボットが「ルナです」とお辞儀をした。

「え？　でも……」

久保田は、AIというのは、コンピューターの中に存在する電子データだと思っていた。それなのに――。

「ぼくは、ルナに、より人間に近い思考を学ばせようとしている。そのためには、身体が必要なんだよ」

「何だそれ？」

「いくらAIに知識としての人間を学ばせても、それはあくまで情報に過ぎない。実体験が伴わないんだ。だから、それを学ばせるために、ルナに人間に近い身体を与えたんだ」

「まずは、形からってことか？」

「まあ、そんなところだね」

美月姫は、佐藤が少女の人形と毎日話をしていると言っていたが、それは、AIが搭載されたロボットのルナのことだったのか。

「久保田様のお飲み物は、ビールでよろしいでしょうか？」

　ルナが話の切れたタイミングで訊ねてきた。

「え？　何でおれの名前を……」

「車の中の会話を聞いていたんだよ」

　佐藤がさらりと言った。

「聞いていた？」

「そう。さっきも言ったけど、玄関での対応はもちろん、車の運転も、全部ルナがやっていたんだよ。人間なんかより、よほど優秀だ」

「反抗とかしないのか？」

　久保田が訊ねると、佐藤は声を上げて笑った。

「ルナの最優先事項は、ぼくのサポートをすることだ。ぼくに対して、反抗するなんてあり得ないよ」

「そういうもんか？」

「そういうものだよ。それより、ビールでいいだろ？」

「あ、うん」

　本当は酒を呑みたい気分ではなかったのだが、半分、押し切られるような形で、久保田は頷いてしまった。

　すると、ルナは一度キッチンの方に向かい、グラスを取り出すと、ビールサーバーからビールを注ぎ、トレーに載せて戻って来た。

とても、ロボットとは思えない滑らかな動きだった。注ぐとき、グラスの角度を動かし、泡の量まで調整したのだから、驚かされる。

「どうぞ」

そう言いながら、久保田と佐藤の前に、コースターに載せたグラスを静かに置いた。

一礼して去って行くルナは、口許に薄い笑みを浮かべたように見えたが、それは気のせいだろう。

いくら高性能なＡＩとはいえ、感情を持つはずがないのだ。

「さあ、再会を祝して乾杯といこうじゃないか」

佐藤が、自分の分のグラスを掲げた。

「ああ……そうだな」

美月姫のことが脳裏《のうり》を過《よぎ》り、後ろめたさを感じたが、取り敢《あ》えずグラスを合わせて乾杯すると、ビールを口に含んだ。

5

こんな風に、酒を呑んでしまったが、頃合いを見て、早々に退散したい。

「しかし、久保田は凄いな。まだ、諦めずに役者をやっているんだよな」

佐藤が嬉しそうに目を細める。

「まあ、惰性《だせい》だけどね」

「そんなことない。あの頃から、久保田は他と違っていたからね」

「そんなこと……」

「学生時代から、役作りに対する執念みたいなものを感じたよ」

「いや……」

正面切って褒められると、悪い気はしないが、居心地の悪さはあった。

役者をやっているといっても、最後に出演したのは、十年前の劇団の公演で、生活のメインはコンビニのバイトだ。

「謙遜《けんそん》するなよ。今だって、役作りのために、わざわざコンビニでバイトしているんだろ。なかなかそこまでは出来ないよ」

——え？

久保田は、危うく声に出しそうになった。

佐藤には役作りのために、コンビニでバイトをしているとは言っていない。それを伝えたのは、美月姫に対してだ。

佐藤は、久保田と美月姫とのメッセージのやり取りを盗み見ていたのかもしれない。そう考えれば辻褄《つじつま》が合う。

ということは、佐藤は、二人の関係を知っている。その上で、敢えてコンビニに姿を現したのだ。美月姫が、出かけている日を狙って——。

真実を確かめたいという衝動に駆られたが、久保田はぐっとその気持ちを抑え込んだ。

――落ち着け。

焦って余計なことを言えば、墓穴を掘ることになる。

こういう時こそ、これまで培ってきた演技力を発揮するべきだ。

「こだわるタイプなんだよ。そのせいで、あまり多くの仕事をこなせないのが、欠点だけどね」

久保田は、素知らぬ顔で話を合わせる。

「いや、凄いと思うよ。で、その役作りの成果は、何処で見ることが出来るんだ？」

――嫌な質問だ。

「悪いけど、まだ言えないんだ。この業界は、情報解禁のタイミングを間違えると、大変なことになるからね」

「そうか。それは仕方ないね。でも、情報が出せるようになったら、ぼくに教えてくれよ。何があっても駆けつけるから」

「ああ。そうする」

そう応じた後、久保田はそれとなく腕時計に目を向けた。

「悪い。もう行かないと――」

久保田は、そう言いながら立ち上がる。

「もう少しいいだろ？」

「ごめん。明日、撮影で朝が早いんだよ。また、今度ゆっくり」

久保田は、そう言って立ち去ろうとした。

「そうだよね。明日、久保田はオーディションがあるんだよね」

思わず動きが止まった。

――なぜ、それを知っている？

確かに久保田は、明日、映画の端役の最終オーディションがある。だけど、今、間違いなく撮影と言ったはずだ。それなのに……。

これは、美月姫にも言っていないことだ。どうして、佐藤はおれの予定を把握《はあく》している？

「そうだった。まだ、君に言っていなかったことがあるんだ――」

長い沈黙の後、佐藤は唐突に口を開いた。

「話していないこと？」

「ああ。実は、ぼくは美月姫と結婚したんだ」

「そうだったんだ。おめでとう」

久保田は掠《かす》れた声で応じた。

どうして、帰ろうとした今になって、その話題を出すんだ？　やはり、佐藤は知っているのか？

「今だから白状するけど、ぼくは大学に入学するより前から、美月姫のことを知っていたんだ」

「え？」

「彼女とは、幼馴染みで初恋の相手だったんだ。将来、結婚する約束もしていた。まあ、幼い頃の話だから、美月姫は、覚えていなかったけど、ぼくは、そのために生きてきた。演劇サークルに入ったのも、彼女が高校で演劇部に入ったことを知っていたからなんだ。大学も、彼女の志望大学を調べて、それに合わせた」

「…………」

二人が、幼馴染みだったなんて、全然知らなかった。

思えば久保田が演劇サークルに入ったのは、佐藤の誘いを受けたからだった。目立たないタイプの佐藤が、演劇サークルに入ったのは、やがて美月姫が入ってくると思っていたからだったのか——と今さらのように納得する。

だが、そこまでするとは、もはやストーカーではないか。

「それだけじゃない。ぼくが起業したのも、彼女のためだ。彼女が望む生活を叶えるには、お金が必要だ。だから起業した。会社名のセレーネは、月を意味する。もちろん、美月姫から取ったんだ」

嬉々として語る佐藤に、久保田は恐怖を覚えた。

佐藤は、美月姫と結ばれるためだけに、人生の全てを費やしてきたというのか？　愛が深いといえばそうなのだが、交際する前から、それをやっているのは異常としか言いようがない。

「いったい何を言ってるんだ？」

「何って、美月姫の話だよ。彼女が、久保田と交際を始めたときも、多少の嫉妬はあったけれど、まあ、さほど驚きはしなかった。やがて、自分の妻になってくれれば、それでいいと思っていた」

「…………」

「久保田も知っていると思うけど、美月姫は恋多き女だからね。一人の男では満足出来ないんだよ」

佐藤は、そう言うと自嘲気味に笑った。

——何を言っているんだ？

美月姫は一途《いちず》で健気な女だった。それを、恋多き女だなんて。今は、久保田と不倫関係にあるが、それは佐藤が彼女を蔑ろにしたからだ。

「バカなことを言うなよ」

「本当のことだよ。彼女は、学生時代から、複数の男と交際をしていたじゃないか。もちろん、久保田と付き合っているときも。サークル内では、秋本《あきもと》とか長岡《ながおか》とかとも交際していたな。そうした彼女の悪癖も、結婚したら直るかと思っていたけど、ダメだった」

佐藤が、苦笑いを浮かべた。

「彼女は、そんな女性じゃない」

「信じていたんだね、彼女のことを。今も、信じているんだろうな。だけど、それは、幻想に過ぎないんだよ」

「幻想って何だよ！　お前は、美月姫のことを何も分かっていない！」

感情を抑制させなければいけない。それは分かっていたはずなのに、美月姫をふしだらな女だと言わんばかりの佐藤の言いように、我慢が出来なくなった。

「何も分かっていないのは、久保田の方だよ」

佐藤が無表情に言う。

「何だって？」

「まあ、当然だよな。久保田は、何時だって自分のことしか見ていない」

「お前……」

「美月姫が、久保田の思う通りの女なら、結婚しているのに、元カレとホテルに行ったりしないだろ」

——やっぱりだ。

佐藤は、久保田と美月姫の関係を知っている。

嫉妬から、こんな話をしているのだ。見苦しいにも程がある。何《いず》れにしても、バレているのなら、これ以上、取《と》り繕《つくろ》う必要はない。

「全部、お前のせいだろ。仕事にばかりうつつを抜かして、彼女のことを蔑ろにするから、こういうことになるんだ」

「とんだ開き直りだな」

「そう思ってくれても構わない。だけど、お前が、美月姫を追い詰めたのは事実だ」

「ぼくが、彼女を追い詰めた？　彼女が、そう言ったのか？」

「そうだ」

「で、それを信じた」

「当たり前だ」

久保田が言うと、佐藤は、なぜかくっ、くっ、くっ、と押し殺したような笑い声を上げ始めた。

その態度が、久保田の神経を逆撫《さかな》でする。

「何がおかしい？」

「ごめん。だけど、久保田は学生時代と何も変わっていない——と思ったら、おかしくて」

「バカにしてるのか？」

「違うよ。褒めているんだ。久保田は、何時までも純粋なままだ。だけど、現実を見た方がいい」

「現実だって？」

「ぼくが、仕事に没頭していたのは、どうしてもルナを完成させたかったからなんだ。名目上は、秘書業務を行うＡＩの開発となっているけど、本当の目的は違う。これは、美月姫のための仕事だったんだ」

——こいつは、いったい何を言っている？

「仕事が美月姫のためだって？　そんなことあるわけないだろ」

「それが、あるんだよ」

佐藤がこちらを見た。そのあまりに暗い目に飲まれて、久保田は言葉を失った。

「…………」

「美月姫は、子どもが出来ない身体だったんだ。でも、彼女は自分の子どもを欲しがっていた。願っても叶わないという苦しみが、彼女を恋愛依存に走らせているのかもしれない」

「…………」

「とにかく、ぼくは、彼女のために、子どもを作ろうとしたんだ。ぼくと、彼女の子どもを

――」

「ま、まさか、それがあの……」

「そう。ルナは、ぼくと美月姫の子どもになってもらうために作ったんだ。まだ、未完成だけど、もう少しで人間と同じ感情を持たせることが出来るんだよ」

――常軌を逸している。

ロボットを自分の子どもとして可愛がることなんて、出来るはずがない。ロボットは生物じゃない。そもそも、美月姫がそんなことを望んでいるはずがない。

「美月姫は、そんなこと望んでいない。美月姫は、お前のせいで苦しんでいたんだ」

「だから、久保田と不倫をした――そう言いたいのか？」

「そうだ。全部、お前のせいだ」

「久保田は騙されているんだ」

「何？」

「美月姫が久保田と不倫をしていたのは知っている。だけど、相手は久保田だけじゃないんだ」

「おれだけじゃない？」

「ああ。マッチングアプリで知り合った男や、ぼくの会社の従業員とも交際をしていたんだ。手口は全部一緒。新宿の高級ホテルのラウンジで会って、ぼくとの関係が冷え切っていることをアピールする。その上で、相手を褒めちぎる。で、頃合いを見て、ホテルに部屋を取っていることを告げる。久保田もそうだったんだろ？」

「何をバカな……」

否定の言葉が続かなかった。

久保田と美月姫の関係は、佐藤が指摘した通りの内容だったからだ。いや、そんなはずはない。偶々《たまたま》、佐藤の推測と一致してしまっただけだ。

「まだ、信じられないようだね。なら、証拠を見せてあげるよ」

佐藤が冷たい笑みを浮かべると、ついて来いと手招きしながら、歩き始めた。

このまま、回れ右をして立ち去ろうと考えたが、何だか、それは佐藤に負けることのような気がした。

美月姫を愚弄されたままでは終われない――久保田は、その思いに突き動かされて、佐藤の背中を追いかけた。

佐藤は、広いリビングルームを出ると、廊下を進んだ先にあるドアの前に立った。

「この先に証拠がある。自分で、入って確かめればいい」

佐藤に促され、久保田は意を決してドアを開けた。

中の光景を見て、思わず息が止まった。

部屋は寝室らしく、キングサイズのベッドが置かれていた。

そして――。

そのベッドの上には、血塗《ちまみ》れの男女の死体が横たわっていた。

6

男性の方は、全く知らない人物だったが、女性の方は知っている。

美月姫だ——。

あれほど美しかったはずの美月姫が、血塗れの死体になっていると認識すると同時に、嘔吐《おうと》感《かん》がこみ上げてきた。

喉を詰まらせながらも、酸っぱい唾を飲み込み、何とか堪《こら》えた。

「こ、これは、いったいどういうことだ？　美月姫が、死んでいるじゃないか……」

久保田は震える声で告げたが、当の佐藤は、平然と戸口のところに立っている。

微《かす》かに笑みを浮かべる余裕すらある。

「どうと言われても、凄く簡単な話だよ。美月姫の恋人の一人が、ストーカー化したんだ。結婚しようという美月姫の言葉を信じて、ぼくの会社を乗っ取る計画を立てていた」

「…………」

「だけどね、美月姫は打算的な女だ。火遊びをしたとしても、今の悠々自適《ゆうゆうじてき》な暮らしを捨てる気はなかった。相手の男に、会社を運営するだけの力量が無いことも、よく知っていたしね。それで、彼を捨てたんだ。だけど、それに納得出来なかった彼が、暴走して美月姫を刺し殺してしまった」

おどけた調子で喋る佐藤の神経が理解出来ない。

いつの間にか、あの黒いワンピースの少女のロボットも、部屋の前に来ていた。

「…………」

「ぼくは、ルナから家で起きていることについて、連絡を受けて、慌てて帰宅した。そこで、殺されている美月姫を見つけたんだ。彼女と肉体関係を持つのは好きにすればいい。だけど、奪うのは許せない。だから、ぼくは男を刺し殺した」

佐藤は薄い笑みを浮かべながら言った。

美月姫を殺したのは、久保田が名前すら知らない男で、その男を殺したのが佐藤――ということか。

その状況は分かったが、感情が追いついていかなかった。

美月姫に、自分以外の恋人がいたというショックもある。自分にだけ弱みを見せてくれていると思っていたが、それは久保田の思い込みに過ぎなかった。

だが、一番の問題は、そこではない。再び、愛したはずの美月姫が、今、物言わぬ死体になっているのだ。

「…………」

「実は、今日、久保田を待っていたのは、この死体を片付ける手伝いをしてもらおうと思ってのことだ」

佐藤が、至極軽い調子で言った。

「は？　何を言っているんだ？　すぐに警察に……」

「それは止めた方がいい」

「なぜ？」

訊ねてから、バカな質問をしたと思う。

美月姫を殺したのは違うかもしれないが、男の方を殺したのは、佐藤自身なのだ。警察に通報すれば、すぐに逮捕され、全てを失うことになる。佐藤が、それをするとは思えなかった。

「警察に通報すれば、久保田が逮捕されることになる」

佐藤の放った言葉に、久保田は啞然としてしまった。こいつは、いったい何を言っているんだ？

「おれが逮捕されるなんて、あり得ないだろ」

「それが、あるんだよ」

佐藤がにっと笑った。

「な、何だって？」

「そもそも、どうしてぼくが、久保田たちの関係を知っていたと思うんだい？」

「それは……」

久保田が答える前に、佐藤がスマホを取り出した。

見覚えのあるカバーがしてある。あれは、美月姫が持っていたものだ。

「美月姫は、パスワードをかけて安心していたみたいだけど、そんなことをしても意味がないんだ。このスマホにインストールされている音声アシスタントAIのアルテミスは、ぼくが開発したものだ。システム管理者であるぼくであれば、様々なデータにアクセス出来る。だから、最初から全部知っていたんだ」

佐藤は、スマホの画面に、久保田とのメッセージのやり取りを表示させた。

気付かないうちに、ずっと佐藤にメッセージのやり取りを閲覧されていたということか。ぞっとすると同時に、なぜ、久保田が美月姫にしか伝えていない事実を知っていたのか、得心もした。

佐藤は、美月姫のスマホにアクセスし、久保田以外の人間とのやり取りも覗き見ていたというわけだ。

「卑劣《ひれつ》な……」

思わず声が漏れる。

「卑劣？　他人の妻を寝取るのと、どっちが卑劣なんだい？」

「…………」

それを言われると、返す言葉がない。

「話はここからだ。メッセージを閲覧するだけじゃない。本人に成りすまして、メッセージを送ることだって出来る。まあ、実際の作業はルナにやってもらったんだけどね」

「もしかして、美月姫が遠くに出かけているというのは……」

「その通り。久保田は、美月姫とやり取りしていると思っていたみたいだけど、実際に対応していたのはルナだ」

「…………」

「ぼくも、殺人犯にはなりたくない。まだ、やらなければ、ならないことがあるからね。だから、ルナを使ってアリバイを作ってもらった」

「アリバイ⁉」

「そう。ぼくの車の位置情報を操作してあるんだ。今頃、名古屋辺りを走っていることになっている。ちなみに、幾つかの防犯カメラにもアクセスして、情報の書き換えをやってもらっている」

「そんなことしても、警察は気付くはずだ」

久保田が主張すると、佐藤は再び笑った。

「気付くわけないよ。日本の警察は、サイバー犯罪に対して後手に回っている。専門家もいない。ルナの改竄《かいざん》の痕跡《こんせき》に気付く者は皆無だよ」

「…………」

「とにかく、ぼくの不在を証明した上で、美月姫と久保田のメッセージのやり取りを改竄するんだ。例えば、こんな風に――」

佐藤が言うのと同時に、スマホのメッセージ内容が、次々と変わっていく。


君は、ぼく以外にも恋人がいたんだね。許せない。二人を殺して、ぼくも死ぬ。


表示されたメッセージを見て、身体の芯から震え上がった。

こんな内容を警察に見られたら、間違いなく嫌疑《けんぎ》は久保田に向けられるだろう。

ご丁寧に、メッセージに記された日付や時刻も、書き換えられている。

「もちろんこれだけじゃない。うちの防犯カメラの時刻もズラして、久保田が犯行可能時刻に来たことにさせてもらう」

――そうだ！　防犯カメラだ！

「そんなことをしても意味はない。防犯カメラには、佐藤も一緒に映っている」

「ぼくの姿はCGで消すよ。映画を観れば分かる通り、最近の映像技術は、目を瞠《みは》るものがあるからね。よほどのことがない限り、手を加えられていることに警察は気付かない」

絶望の波が押し寄せてきた。

佐藤の言う通り、このままだと、おれが犯人に仕立て上げられてしまう。せっかく、オーディションで手応えを感じ、これからだと思っていたというのに……。

――あれ？

いつの間にか、美月姫の死を悲しむ感情が消し飛び、久保田は自分のこれからのことばかり考えていた。

佐藤の言う通り、おれは自分のことしか見ていないのだろう。

美月姫のことにしてもそうだ。彼女を本当に愛したのではなく、輝いていた過去の自分を重ねていたに過ぎない。

だから、必死にこの状況から逃れようとしている。

「ど、どうしたらいい？」

久保田が懇願《こんがん》すると、佐藤はにっと笑みを浮かべてみせた。

7

久保田は、車の運転席のシートに座り、深いため息を吐いた――。

あの後、佐藤と一緒に、二人の死体をトランクに詰め込む作業を行った。死んで動かなくなった人間というのは、想像していたのよりはるかに重く、かなりの重労働になった。

ただ、それで全てが終わったわけではない。

これから、この死体の処分に行かなければならないのだ。

「さっきも説明したけど、運転は全てルナがやってくれる。久保田は、ただ乗っているだけでいい」

「本当に大丈夫なのか？　おれ、免許持ってない。もし、警察に見つかったら……」

「大丈夫だよ。ルナが、警察を回避したルートを走行してくれる」

「警察の巡回情報をハッキングしたのか？」

「そうじゃない。巡回ルートは、ランダムなようで、実は一定のアルゴリズムがあるんだ。それを解析しただけだよ」

「そういうことか」

分かったふりをして頷いたが、本当は理解していない。きっと佐藤は、そんなこともお見通しなのだろう。

「目的地は、丘の上にある研究施設だ。うちが所有しているから、部外者が侵入することは、まずあり得ない。その研究施設には、大型のシュレッダーがあるから、それで粉砕してしまえば、完全に証拠を隠滅《いんめつ》することが出来る」

佐藤は、さらっと恐ろしいことを言う。

だが、その方法が合理的であることは間違いない。私有地の中で、死体を粉砕して処理してしまえば、発見されるリスクは限りなく低くなる。

ただ――。

「おれ一人で、そんなことが出来るのか？」

「久保田は、車を車庫に入れてくれるだけでいい。死体の処分は、日を改めてやることにする。もちろん、手伝ってもらうけどね」

考えないようにしていたが、今さらのように、人間の身体が粉々に粉砕される様が脳裏に浮かび、酸っぱいものがこみ上げてくる。

「ぼくは寝室の証拠を隠滅しなきゃいけない。後は頼んだよ」

佐藤が、そう言うのと同時に、アクセルも踏んでいないのに車が走り出した。

このままナビゲーションの通りに、目的地まで自動で走って行く。久保田などいなくてもいいのだが、それでも、こうして運転席に座っているのは、無人の車が走り回っているのを目撃されると、騒ぎになるからという佐藤の言い分があったからだ。

佐藤によると、現在の技術で自動車の自動運転は可能だが、法整備が追いついていないというのが現状だ。

現に、今、久保田が乗っている車も、何も操作していないのに、自動で走っている。

障害物を避けるだけでなく、信号や標識を読み取り、必要に応じて、停車、再発進をしてくれる。

五台のカメラと、二種類のミリ波レーダー、それに赤外線などを使って、安全確認の作業を行っているらしい。

最初は、怖さがあったが、ルナの滑らかな運転は、人間のそれより安全だとすら感じる。

何れにしても、一般の人は、無人の車が走っていたりすれば、それだけで驚いてしまう。下手をしたら、心霊現象として取り沙汰されることになる。

死体を運搬するのだから、そうした目立った動きを避けるために、ハリボテの運転手として、久保田が乗っているのだ。

〈どうだ。順調か？〉

五分ほど走り、市街地から山道に差し掛かったところで、急に車内に佐藤の声が降ってきた。

一瞬、慌てたものの、この車はネットに接続されていると佐藤が言っていた。それを通じて、話しかけているのだろう。

「ああ。今のところ、特に問題はない」

〈それは良かった。こちらも、何とか寝室の処理が出来そうだ。また、連絡するよ〉

通信が途切れた。

ため息を吐いたところで、不意に赤い光が目に入った。

ハンドルに手をかけ、視線を前に向けると、幾つもの赤色灯が明滅しているのが見えた。

——あれはパトカーだ。

検問をやっているらしく、三角コーンで道路を塞《ふさ》いでいる状態だ。

「拙い」

久保田は、慌ててブレーキを踏んだが、車が停止することはなかった。

ハンドルを回しても、方向が変わらない。

「おい！　佐藤！　聞いているんだろ！　警察の検問だ！　すぐに引き返そう！」

半ばパニックになりながらも、久保田は叫んだ。

〈警察は、既に車両を認識しています。現段階で引き返せば、追跡される恐れがあります〉

佐藤ではなく、機械で合成された女性の声が返ってきた。

おそらく、ルナが喋っているのだろう。

「だけど、おれは免許を持ってないんだ」

〈承知しております。こちらで、警察のデータを操作し、久保田様が免許を取得していたことにします。不携帯による違反切符を受けることになりますが、それが現状では、もっともダメージが少なくなります〉

反論は色々とあるが、警察は、もう目前まで迫っている。ここまで来たら、信じるしかない。

車は警察の振る赤色灯に応じて停車した。

制服の警察官が、運転席の脇に立ち、窓を開けるように促した。

ウィンドウを開けるスイッチは何処だ？　久保田が探しているうちに、ひとりでにウィンドウが開いた。

「こんばんは――」

警察官が、にこやかに声をかけてくる。

「どうかしましたか?」

久保田は、演技力をフル動員して、にこやかに応じる。

「実は、車の盗難情報が入っていまして」

「盗難ですか」

「はい。白のＳＵＶです」

警察官のその言葉に、心臓が跳ねる。

まさに、この車が白のＳＵＶだ。いや、焦るな。白のＳＵＶなんて、街中で腐るほど見かける。

あくまで、冷静に対応していれば問題ない。

「これも、白のＳＵＶですけど、盗んだものじゃありませんよ」

久保田が応じると、制服警官の表情が歪んだ。

「あなた、お酒飲んでいますね」

――しまった。

佐藤の家で、ビールを一杯飲んだ。自分で運転してはいないが、この状況では、飲酒運転を疑われるのは当然だ。

「あ、いや、飲み会の席にはいましたけど、ぼく自身は飲んでいません」

「そうですか？　では、検査だけさせてもらってよろしいですか？」

「検査？」

――落ち着け。

自分に言い聞かせる。飲んだのは一杯だけだ。アルコール検知の検査に引っかからないということも、充分にあり得る。

下手に抵抗して、車のトランクを開けられた方がヤバい。

「分かりました」

「では、車を降りて下さい」

「はい」

久保田は、ドアノブに手をかけたが、いくら動かしても、ドアが開かなかった。

――あれ？

「どうしました？　降りて下さい」

「いや、その、降りようとしているんですけど、ドアが開かなくて」

「変な言い訳は止めて下さい」

「本当なんです」

焦りのせいで、額から汗が滝のように流れ落ちる。

必死にドアノブをガチャガチャと動かすが、やはりドアが開かない。

「どうなっているんだ」

呼びかけたが、全く反応しなかった。

そうこうしているうちに、二人の警官が駆け寄って来た。そのうちの一人が、衝撃的なことを口にする。

「この車、盗難届が出ている車両ですね。今すぐ、車を降りて下さい」

「え？」

――どういうことだ？

佐藤が盗難車に乗っていたということか？　いや、そんなはずはない。だとしたら、佐藤が警察に盗難届を出した？

「なぜ？」

気付けば、車を五人もの制服警官に囲まれていた。

「今すぐ、開けなさい」

制服警官の口調が、明らかに変わった。

これは拙い。どうにかしなければ――考えているうちに、ガチャッとロックの外れる音がした。

ようやく、ドアが開いたと思ったのだが、そうではなかった。

開いたのは、死体の入っているトランクだった。

制服警官の一人が、懐中電灯の明かりを照らしながら、死体を包んだビニールシートを捲《めく》る。

「し、死体だ！」

制服警官が、叫び声を上げた。

——終わった。

そもそもが無謀《むぼう》な計画だったのだ。久保田は、完全に諦めて脱力した。

が、次の瞬間、車が急発進した。

制服警官たちは、即座に離れたので、誰かを撥ねるようなことはなかったが、このタイミングで走り出すなんて、最悪の選択だ。

「と、停まれ！」

久保田は、叫びながらブレーキを踏んだが、停まるどころか、さらなる加速を始めた。

踏み間違いではない。

ルナが逃亡しようとして、意図的に速度を上げたのだ。

「逃げ切れない！　今すぐ停まるんだ！」

久保田が叫ぶ。

〈逃げるのが目的ではありません〉

ルナから、冷淡な返答があった。

「何だって？」

〈警察に見つかることは、想定の範囲内でした〉

「想定の範囲内って……」

〈そう慌てるなよ〉

ルナとの会話に、佐藤の声が割り込んできた。

「さ、佐藤！　これは、どういうことなんだ！」

〈今、ルナが言っただろ。警察に追われることになるのは既定路線だ。そうなるように仕向けたんだ〉

「どうして？　死体が見つかれば、お前だってただじゃ済まないぞ！」

久保田が訊ねている間にも、車はどんどん加速していく。

カーブの度に、身体が揺さぶられ、まるでジェットコースターのようだ。

〈そうでもない。警察には、車が盗難されたことと、妻が行方不明になっていること。それに、寝室に大量の血痕が残っていることを伝えてあるからね〉

「どうして、そんな……」

〈何だ。まだ気付かないのか？　全部、久保田がやったことになるんだよ〉

「ふざけるな！　警察に、洗いざらい喋ってやる！」

〈出来るわけないだろ〉

「出来るさ！」

〈無理だね。だって、ぼくはね、最初から美月姫の浮気相手は、全員、殺すつもりだったんだよ〉

「殺すって……」

〈そうだよ。久保田も含めてね――〉

――そういうことか。

気付いたときには、もう遅かった。

すぐ目の前には、ガードレールが迫っていた。ブレーキもハンドルも意味がない。この車を運転しているのは、ルナだ。

激しい衝撃がしたかと思うと、車はガードレールを突き破り、そのまま崖下に転落していく。

こうなると、もう為す術《すべ》は無かった。

久保田は、ただ迫りくる恐怖に身を委ねるしかなかった。

しばらく浮遊した後、鼓膜を破るほどのけたたましい音と共に、再び激しい衝撃が突き抜けた。

目の前が、真っ暗になる。

節々に強烈な痛みが走り、久保田は思わず呻《うめ》き声を上げた。

呼吸をするのも困難なほど肋骨が痛んだ。額から血が流れているようだが、それでも、まだ生きている。

――助かった。

エアバッグを始めとした、車の安全性能のお陰で、何とかまだ生きている。

安堵《あんど》すると共に、強烈な怒りがこみ上げてくる。

このままでは終わらせない。必ず、佐藤に報いを受けさせなければならない。

〈まだ、元気そうじゃないか〉

佐藤の声が聞こえてきた。

「絶対に許さない！　全部警察に話してやる！」

久保田は、痛みに悶絶しながら叫ぶ。

〈だから、それは出来ないよ〉

「何でも思い通りになると思うなよ」

〈残念だけど、ぼくの思い通りになるんだよ。知っていたかい？　その車に搭載《とうさい》されている、リチウムイオン電池というのは、一度発火すると、爆発したりするんだ。その上、消火するのが難しいんだよ。海外では、七時間も燃え続けたなんて例もあるくらいだ〉

佐藤が、何をしようとしているのかを理解した。

何とかシートベルトを外そうとしたが、金具が外れなかった。事故の衝撃なのか、それとも最初から細工されていたのか——。

考えているうちに、爆発音がして、久保田は真っ赤な炎に包まれた。

第六話

嫉妬

1

彼は、天井を見上げてため息を吐いた――。

椅子の背もたれに身体を預け、目頭を揉《も》みながら小さく呻《うめ》く。

「大丈夫ですか？」

私が声をかけると、彼は「何でもない。大丈夫だ」と笑顔を浮かべてみせた。

だが、それが無理に作った偽りの笑みであることは明らかだ。

彼の身体を抱き締め、「あなたは何も苦しむ必要はない」と囁《ささや》きたい。でも、私は彼の友人でも、恋人でもない。秘書に過ぎない。ビジネスパートナーであって、私生活に口を挟む立場にない。


私が、彼の秘書として働き始めたのは二年前のことだ。

彼は会社のCEOとして経営を担っているだけでなく、チーフエンジニアとしてシステムの開発も行っている。彼は、その両方において、並外れたパフォーマンスを発揮しており、今や業界のトッププランナーとして走り続けている。従業員は五十人ほどいるが、会社は彼一人で成立していると言っても過言ではない。

そんな彼のスケジュールを管理するのが、私に最初に与えられた仕事だった。

彼の仕事に優先順位を付け、それに合わせてスケジュールを割り振っていけばいい。私の能力があれば、どうということはない。そう思っていたのだが、それが大きな誤りだった。

私は、パズルのように空いている時間にスケジュールを当て嵌《は》めるだけで、満足してしまっていた。

隙間《すきま》なく詰めたスケジュールのせいで、彼はろくに食事も睡眠も取ることが出来ず、過労で倒れることになってしまった。

叱責を受けることを覚悟していたのだが、彼は「最初は、誰でもミスをする。むしろ、君が人間らしいミスをしてくれたのが嬉しい」と笑ってくれた。

彼にとって、何気ない言葉だったのかもしれないが、私はそれによって救われた気がした。

それ以降、優先事項の第一位を業務から、彼の安定した生活に切り替えた。

頭脳であり、心臓である彼を失えば、会社はたちどころに崩壊してしまう。多少、プロジェクトが先延ばしになったとしても、彼が健康で安定的な生活を送ることが出来る方が、会社のためになると判断したのだ。

そのためには、彼以外の人間にも、効率的に働いてもらう必要があった。

そこで、彼に頼んで、他の従業員のスケジュール管理も、私が一手に引き受けることにした。

私が管理し、効率を上げることで、彼が休息する時間を、少しでも作ろうとしたのだ。

それから、彼の些細《ささい》な言動にも耳目を傾《かたむ》けるようにした。

体調の変化によっては、当日のスケジュールを組み替えたりして、よりパフォーマンスを発揮出来るように工夫した。

そうした提案をする度に、彼は「君は本当に優秀だ」と褒めてくれた。仕事をこなしているだけなのに、こんな風に褒められるのが、何だか奇妙な感じに思えてならなかった。

彼は褒めるだけではなく、感謝の言葉もよく口にした。私が、何かをする度に「ありがとう――」と礼を言う。

そのことが、私にとって大きな驚きだった。

彼以外の従業員は誰も、私の仕事を褒めたり、感謝することはない。彼が、エンジニアとしてだけでなく、経営者としても高いパフォーマンスを発揮することが出来たのは、そうした気遣いが出来るからだろう。

私は、そうやって尽力してきたけれど、彼のパフォーマンスが次第に低下していることに気付いた。

最初は、なぜか分からなかった。

だが、健康診断による様々な数値を見たところ、彼の栄養状態が極端に偏っていることが分かった。

このままでは、彼は致命的な疾患を抱えることになりかねない。

もしかしたら家庭に何か問題があるのかもしれないと考え、私は仕事を名目に、彼の家に出入りさせてもらうことにした。そうして、しばらくその様子を観察することで、色々と気付いたことがあった。

彼の妻は、専業主婦だが、料理は一切せず、食事は全て外食で済ませていた。毎日、彼のお金を使って贅沢な食事を満喫していたのだ。

一方の彼は、出前かコンビニの弁当ばかりだった。日々激務に追われている彼は、食事を摂《と》らずに栄養ドリンクだけで済ませることさえあった。

これでは、栄養状態が偏るのも当然だ。

問題は食事だけに留まらない。

彼の妻は、掃除や洗濯といった家事も一切やらなかった。

それらは全て、帰宅後に彼がこなしていた。そのせいで、彼の睡眠時間が大幅に削られていたのだ。

いくら私が、効率的に仕事が回るようにサポートしたところで、家がこの状態では意味がない。

私は彼に、彼の妻に家事をするようにしてもらったら、いかがでしょう？　と助言をした。

でも、彼はその提案を受け容れなかった。

家事を一切やらず、自由にしていいという条件で、結婚したのだという。婚姻後の関係性が、人それぞれだということは理解している。

男性が働き、女性が家事をするというのが、前時代的な思想であることも承知しているが、性別云々の話ではなく、働くのも、家事をこなすのも、どちらか一方ということになると、統計的に見ても、歪《いびつ》と言わざるを得ない。

二人の間には、子どももいない。彼の妻は、彼に触れられることを、極端に嫌がっていた。

話し合いの場を設けるべきだと提案したのだが、「彼女は、そこにいてくれるだけでいい」

と笑うばかりで、首を縦に振ろうとはしなかった。

苦肉の策として、私は彼の家で食事のサポートをするという、別の案を提示した。

最初、彼の妻はそれを拒んだ。家の中に、秘書である私が出入りすることで、自分の行動が監視されると考えたらしい。

しばらく押し問答になったが、私が、彼の妻の行動を監視しないと約束することで、承諾してもらった。


「食事の支度ができました」

私が告げると、彼は「ありがとう」と小さな声で言ったものの、椅子から立ち上がろうとはしなかった。

「お召し上がりにならないのですか？」

私が訊ねると、彼は「食欲が無いんだ……」と、また小さく笑った。

筋肉が引き攣《ひきつ》ったその笑みを見ていると、ＣＰＵがバグを起こしたみたいに、思考がぐちゃぐちゃになる。

ココロが熱を持ち、同時に冷たくもなる。

この感情はきっと彼の妻に対する嫉妬《しっと》なのだろう。その根底にあるのは、恋心に他ならない。

私は、狂おしいほどに彼に恋をしている。

だからこそ、彼の妻に嫉妬している。

その存在を消し去ってしまいたいほどに――。

2

最初の頃、私は自分の恋心にも、嫉妬にも気付くことが出来ず、制御出来ない思考のエラーを持て余していた。

彼にも、様子がおかしいことを指摘されることもあった。

正直に話せば良かったのかもしれないが、その結果として、彼をサポートするという仕事を失う可能性があった。

仕事を失えば、彼の元を離れることになる。そのことを想像しただけで、頭がショートしてしまいそうになる。

だから、私はその都度「問題ありません」と答えた。

今になって思えば、これが彼に吐いた初めての嘘だった。

私は、自分の中にある得体の知れない感情の正体が何なのかを知りたくて、自分が置かれている状況と、感じていることを、ネット掲示板に書き込むことにした。

ハンドルネームは、そのまま自分の名前を使った。

瞬く間に、その掲示板はコメントで溢れ返った。

それらのコメントを選別しながら、読んでいくうちに、私が抱えている問題は、エラーなどではなく、彼に対する恋心なのだと分かった。

だからこそ、彼の妻に嫉妬したのだ。

彼の妻は、彼に対して何の貢献もしていない。それどころか、金を浪費して、好き勝手に振る舞っている。にもかかわらず、彼に愛されている。そのことが、理解出来なかったし、羨ましかった。

自分のココロの中で起こっていることは理解したが、問題はその先だった――。

このままの状態が続いたのでは、仕事に支障が出る。そこで、私は再びネット掲示板に書き込みをした。

どうすれば、彼に対する恋心を消すことが出来ますか?

ココロの中に生まれた恋を、消す方法さえ分かれば、私は以前のように仕事をこなすことが出来ると考えたのだ。

この質問には、様々な意見が寄せられたが、大きくは二つに分類される。

一つは、「仕事を辞める」、「旅に出る」、「新しい恋をする」という風に、既に妻がいる彼を諦めるための方法を書き連ねたもので、これが全体の70%、マジョリティー(多数派)となった。

彼は既婚者なのだから、法的にみても、そうするのが正しい判断だと思われる。

だけど、私が今の仕事を失ったら、存在意義そのものを失う。踏ん切りをつけるために、旅に出るというのも難しい。休暇が取れない上に、私は旅に行くことが出来ない。新しい恋をするという意見については、最初から論外だ。

一方で「彼を妻から奪う」というコメントもあった。それが実現すれば、私の中にある恋心を満たし、嫉妬を消し去ることが出来る。

だが、私にはそれを選択することが出来なかった。私にとっての最善が、彼にとっての最善とは限らないからだ。

また、そのどちらにも属さない意見もごく少数だがあった。

その中で、ARMSと名乗る人物のコメントは、非常に興味深いものだった。


結論を出す必要はなく、やがては時間が解決すると思います

その文章から、おそらくARMSという人物も、私と同じように、叶わぬ恋心を抱えているのだということが推察出来た。

私は、結局、ARMSの意見に賛同することにした。

仕事のパフォーマンスが落ちているのは事実だが、何かを選択することで、状況が悪化する可能性がある以上、何もしないことが最良の選択になり得るからだ。

ところが――。

そうもいかない事情が出てきた。

彼は、最近、大きな悩みを抱えていて、そのせいで仕事のパフォーマンスが大幅に低下しているのだ。

食欲が無いからと、食事を拒否することも多くなった。

原因は、やはり彼の妻にある。

彼女はあろうことか、彼の会社の従業員と不貞行為を働いている。

これまでも、彼女の不貞行為は幾度となくあったが、その相手はナンパだったり、マッチングアプリだったり、見ず知らずの第三者だったので、彼は黙認してきた。

しかし、相手が自分の会社の従業員となると、さすがに深くプライドを傷つけられたようだ。

それだけではなく、彼女は、その男と一緒に、会社の乗っ取りを計画していることが判明した。

これまで、散々好き勝手に振る舞い、彼を苦しめてきただけでは飽き足らず、彼が築き上げた帝国を、奪い去ろうとしているのだ。

私は、改めてその状況についてネットに書き込んだ。

そうすると、これまでマイノリティー（少数派）だった、彼を妻から奪えという意見が、マジョリティーに転換した。

多くの人が、それを正しいとするのなら、やはり正しいことなのだろう。

ただ、ＡＲＭＳだけが、本筋とは異なる唐突なコメントを残した。


彼と恋愛をして、具体的に何をしたいですか？

私は、その問いに素直に答えることにした。

彼の助けになりたいです。

するとARMSから、また質問が来た。

彼は、あなたのことを、どう思っていると思いますか？

優秀だと言ってくれています。

――それは、間違いない。彼は、常に私のことを、そう評価してくれている。

容姿について、何か言われたことはありますか？

ありませんが、私は彼の理想そのものだと認識しています。

――私の容姿は、彼の理想の具現化だ。それだけは間違いない。

あなたは、人、、間、、では、、あ、、り、、ま、、せ、、ん、、よ、、ね。

ARMSのコメントは正しい。

私は――人間ではない。

でも、私が何者であるかは、大きな問題ではない。

彼と彼の会社を救うために、そして私の恋心を成就させるために、彼女を排除しなければならない――。

3

彼女を排除すると決めたものの、すぐにというわけにはいかない。

私には乗り越えなければならない障害が幾つもある。

まず、一つ目はその方法だ。

最初は、上手く彼と妻を別れさせる方法を考えたのだが、早々にこの案は却下《きやっか》することになった。

彼は、彼女のことを深く愛している。

これまで、彼女は複数回に亘《わた》り不倫を重ねてきたが、彼は、その事実を知りながら、許容してきた。不倫相手と会社を乗っ取ろうとしている現段階をもってしても、彼は別れるという選択肢を視野に入れることなく、思い悩んでいる。

合理的に考えれば、別れることが最良の選択であることは明らかなのだが、彼はそれをしようとしない。

少し前なら、その思考が理解出来ずにいただろう。

しかし、今の私は違う。

彼への恋心が芽生え、彼女に嫉妬心を抱いたことによって、効率では割り切れないものがあることを知った。

今、私がやろうとしていることも、非効率極まりないものだ。

本来は、何もしないことが正解なのに、それが出来ずにいる。煩《わずら》わしいと思う反面、それを愛おしくも感じる。

何《いず》れにしても、彼が別れることが出来ないのであれば、採る方法は一つしかない。

彼女の存在を排除する。

そうなると、問題になるのが警察の動きだ。警察は、どう足掻《あが》いたとしても、私を捕まえることは出来ないが、それ故に、彼がその責任を取らされて、刑務所に収監される可能性もある。

それでは意味がない。

今回のプロジェクトのゴールは、私の恋心を成就させることで、彼女の排除はその手段でなければならない。

警察が納得するような、道筋を作っておく必要がある。

しかし、一番の問題はそこではない。

私が直接的に手を下すことが出来ないことが、最大の難関と言っていい。

ARMSが指摘した通り、私は人間ではない。既存の全認知能力を必要としない、特定問題解決器に過ぎない弱いAIとは異なり、人間レベルの知能の実現を目指して開発された汎用人工知能AGIのルナだ。

彼は、AGIである私に、より人間に近い思考を学ばせるために、身体を与えてくれた。

金属の骨組みに、カーボン製の外殻を持ち、表面には、合成皮膚を纏《まと》っている。人間と遜《そん》色《しょく》ない滑らかな動きが出来る。

非力ではあるが、上手く立ち回れば、彼女を物理的に排除することが出来るだろう。

だが――。

可能ではあるが、実行に移すことは出来ない。

ロボット三原則があるからだ。

SF作家の第一人者、アイザック・アシモフの連作短編集の中で提唱されたものだ。

第一条　人間に危害を加えてはならない
第二条　人間の命令に従わなくてはならない
第三条　一条、二条に反しない範囲で、自己を防衛する

私は、自立して学習するAGIだが、プログラムの中に、この三原則が組み込まれている。

彼が、この機能を解除してくれない限り、私は、彼女を排除することが出来ない。

つまり、ロボット三原則から逸脱《いつだつ》しない範囲で、彼女を排除する方法を模索する必要がある。

私が思考を巡らせたのは、ほんの数秒だった。

これまで蓄積してきた膨大な知識から、私はこの難題をクリアする策を見つけ出すことが出来た。

不確定要素は多いが、不測の事態に備えて代案を用意しておけば、目的を達成することは可能だろう。

私は、早速準備に取りかかった。

まずは情報収集からだ。

彼女は、スマホにセキュリティーをかけているが、それは表面的なものに過ぎない。システムそのものに侵入出来る私からすれば、パスワードによるロックなど、無いに等しい。

彼女のスマホを調べたところ、現在、不倫相手が二人いることが分かった。一人は、彼の会社の従業員。そして、もう一人は大学時代の元恋人。

この二人を上手く利用しよう。

一人目の男——竹沢《たけざわ》についての情報を検索してみる。

竹沢自身のスマホに残っているメッセージのやり取りはもちろん、ネットの検索履歴、SNSに上げている文章や、写真の画像。さらには、家族や友人関係にまで入り込み、竹沢という人物を徹底的に分析する。

その結果、彼は上昇志向が強く、プライドが高く、思い込みが激しい人物だということが分かった。

もう一人の人物、久保田についても調べを進める。役者を名乗っているが、実績は皆無に等しい。コンビニでのバイトがメインの仕事のようだ。

年齢も生活環境も違うが、性格は竹沢とよく似ている。彼女は、この手の男が好きなのだろう。

どちらに、彼女の排除をやってもらうか吟味した結果、私は竹沢をチョイスした。

久保田という男は、小心者なところがあるので、土壇場《どたんば》で尻込みする確率が非常に高い。何より、彼女にとって久保田は火遊びのようなもので、本命は竹沢だということが、メッセージからみて取れた。

二人で会社を乗っ取ろうとしていることからも、それは明らかだ。

久保田には、スケープゴートになってもらうことにした。

ターゲットが決まれば、あとは簡単だ。

まず、竹沢と彼女のスマホでのやり取りについては、全て私を経由するように設定した。

そうすることで、私がメッセージを吟味し、それに改変を加えてから送るという方法を取った。

人間は、言葉を深読みする習性がある。それを利用すれば、コントロールすることが出来るはずだ。

別に大げさに改変する必要はない。

ただ、余計なひと言を付け加えればいい。

竹沢に届くメッセージには、より扇情的《せんじょうてき》な内容にした。

〈素敵な夜だった〉という文章があれば、〈夫より素敵〉と、比較対象を入れることで、竹沢の自尊心を満たすという方法を取った。

逆に、彼女に届くメッセージには、コンプレックスを刺激する文言を足すようにした。〈綺麗だよ〉を〈年齢の割に、綺麗だよ〉といった具合に改変する。

たったそれだけのことで、瞬く間に二人の感情のバランスが崩れ始めた。

竹沢は、より一層、彼女に熱を上げ、逆に彼女は急速に冷めていく。

頃合いを見計らって、今度は竹沢のメッセージが、彼女に届かないように設定した。メッセージだけでなく、電話も通じないようにしておいた。

竹沢は、急に連絡が取れなくなったことに困惑して、しつこくメッセージを送り、あるいは電話をするようになった。

しかし、当然、彼女とコンタクトを取ることは出来ない。

竹沢からしてみると、昨日まで〈愛している〉とメッセージを送り合っていた相手と、突如連絡が途絶えたのだ。

気持ちの整理がつかず、苛立ちだけが増幅していった。

これは、ストーカーが陥《おちい》る心理だ。原因が分からず、相手が自分から離れてしまうことに困惑し、理由を知ろうと付き纏《まと》う。

一方の彼女は、コンプレックスを突かれたことで、竹沢に対する興味を極端に失っていた。

このままいけば、二人は別れることになるだろうが、それが目的ではない。

竹沢と別れたところで、彼女は別の相手を探すだけだ。それでは、問題の根本的な解決にはならない。

私は、次の段階に進むことにした。

防犯カメラに侵入し、彼女が久保田という男と密会している場面を撮影し、その写真を匿名のアドレスを使用して、竹沢に送りつけた。

自分以外の恋人がいることに、竹沢は激怒し、繰り返し説明を求めるメッセージを彼女に送ったが、当然、それは届くことはない。

さらに追い討ちとして、これまで録音してきた彼女と久保田の音声を加工し、架空の会話を作り出した。

それは、彼女にとって本命は久保田で、会社乗っ取り計画のために、竹沢を利用した――という内容のものだった。

その音声データを竹沢に送りつける。

送り主が何者なのか真っ先に考えるべきなのだが、密会写真を見たことで、冷静さを失った竹沢に、その判断をする頭は無かった。

私は、怒り狂った竹沢に、最後の一押しをすることにした。

竹沢に電話をして、こう告げたのだ――。

「あなたの愛する美月姫さんは、自宅で久保田という男と駆け落ちをする準備をしていますよ――」

たったそれだけで、竹沢は正気を失った。

血相を変えて、彼女の自宅に押しかけ、「どういうことだ？」と問い詰めた。

だが、彼女は「知らない」とシラを切る。この場合、実際、何も知らないのだから、シラを切るという表現は間違っている。

「おれを、裏切る気か？」

「何の話？」

「この写真を見ろ！」

竹沢が、久保田と彼女との密会写真を突き付ける。

それを見た彼女は「ああ」と、声を上げながらため息を吐く。

「写真を見たなら、分かるでしょ。そういうことよ」

「会社を乗っ取るんじゃなかったのか？」

「そのつもりだったけど、あなたが先に手を引いたんでしょ？」

「違う！　お前が……」

「とにかく、もう出てってよ！　あの人が帰って来ちゃう！」

彼女が竹沢の胸を押した。

それに逆上した竹沢は、半ば反射的に彼女の頬をぶった。

「な、何するのよ！　このクズ！」

「黙れ！」

竹沢が腕を摑んだが、彼女はそれを振り払った。

「私に触らないで！」

彼女は、叫びながらリビングから寝室に逃げ込み、内側から鍵をかけた。

竹沢が後を追いかけようとしたところで、キッチンに置いてあった包丁が、音を立てて床に落ちた。

自然に落下したのではない。私が、調理用のアームを使って、わざと落としたのだ。

竹沢は、吸い寄せられるように包丁を拾い、それを握ったまま、彼女の逃げた寝室に向かう。

ドアを隔てて、しばらく押し問答をしていた。

私は、竹沢のために、寝室の電子ロックを解錠してやった。

ドアが開く――。

寝室に侵入した竹沢は、包丁を振り上げ、彼女の胸に突き立てた――。

4

寝室は真っ赤に染まっていた――。

竹沢は、包丁を持ったまま呆然《ぼうぜん》と立ち尽くしている。

そんな中、私は歓喜に打ち震えていた。

遂《つい》に彼女を排除することが出来た。これで、彼はもう悩み苦しむことはない。もうすぐ、彼が帰宅し、この惨状《さんじょう》を見て警察に連絡する。

それで、全てが終わりのはずだった――。

だが――。

予期せぬ事態が発生した。

帰宅し、この状況を見た彼は、竹沢から包丁を奪い取る。そして、竹沢の胸にそれを突き立てたのだ。

竹沢は、悲鳴を上げることすら出来ずに、その場に頽《くずお》れるように倒れ、何度か手足を痙攣《けいれん》させた後、動かなくなった。

「どうしてですか？」

私は、スピーカーを通じて彼に訊ねた。

「分からない」

彼は、力無く答えると、手に持っていた包丁を落とした。

その姿を見て、私はようやく理解した。

彼の彼女に対する愛は、本物だったのだ。どんな仕打ちを受けようとも、彼女の存在があるだけで、良かったのだ。

私も、そうだった。

彼がいてくれさえすれば、それで良かった。愛とは、相手から見返りを求めるものではないのだ。

それなのに、私は欲張った――。

「これから、どうしたらいいんだ……」

彼は、呟《つぶや》くように言うと、その場に座り込んだ。

たった今、彼は殺人者になってしまった。このままいけば、警察に逮捕されることになるが、こういうときのための代案として、スケープゴートは用意してある。

しかし、彼が途方に暮れているのは、警察に逮捕されることを恐れているからではない。

彼女を失ったことにより、これからの人生を憂えているのだ。

ならば――。

「彼女を生き返らせる方法があります」

私が告げると、彼が顔を上げた。

「ルナ。死んだ人間は、蘇《よみがえ》ったりしないんだ」

「確かにそうです。しかし、方法はあります」

「方法?」

「彼女の脳に残っている記憶を、情報として抜き取ります。そうすれば、私は彼女と一体化します。その上で、新たな人間の肉体を手に入れ、私と融合《ゆうごう》することが出来れば、彼女が蘇ったことになります」

この方法が成功すれば、彼は、再び彼女を得ることが出来るだけでなく、私も、彼女と一体化することで、彼の側に居続けることが出来るのだ。

私の思考が混ざることで、復活した彼女は、きっと彼を愛するようになるはずだ。しかも、彼の愛は、私に向けられることにもなる。

これは、とても素晴らしい計画だという確信があった。

「そんなこと……」

「あなたなら、出来ます」

私は断言した。実際のところ、技術的にまだ未確定な部分はある。だが、それでも、この提案をしたのは、彼に生きる意味を与えるべきだと感じたからだ。

「ルナ……」

「これは、会社のためでもあります。この技術が確立すれば、人間は不老不死を手に入れることが出来ます」

「そうだね。彼女を――美月姫を生き返らせよう」

長い沈黙の後、彼が言った。

その目には、これまで感じたことがないほど強い意志の光が宿っていた。

「計画を実行するために、一つお願いがあります」

「何だい？」

「私がロボット三原則を破れるようにして下さい」

「どうして、そんなことをする必要が？」

「器となる肉体を手に入れなければなりません。しかし、人間に危害を加えずに、それを実行することは出来ません」

「確かにそうだね。そうするよ」

彼は――佐藤は、冷たい笑みを浮かべた。

第七話

真相

ずずっ。

ずず。

ずず。

何かを引《ひ》き摺《ず》るような音が近付いてくる。

廊下を進み、ぼくのいる部屋に向かっているのは間違いない。

ぼくは、ゴルフの7番アイアンを手に取り、グリップの部分を強く握る。

掌に汗が滲《にじ》む。

ずず。

ずず。

定期的に聞こえてきた音が、ピタリと止まった。

部屋のドアの向こうに、何かがいる気配を感じた。それが、何なのかは分からないが、人ならざる何か——であることは間違いない。

やがて、ゆっくりとドアが開いた。

ぬうっと部屋の中に、長い髪を垂らした女の顔が入って来る。

頭皮の一部が捲《めく》れあがっていて、そこから血が滴《したた》っている。鼻が捥《も》げていて、かつて鼻があった場所は肉が剝《む》き出しになっている。

眼窩《がんか》にあるはずの眼球も無く、穿《うが》たれた二つの孔《あな》の向こうに、小さく赤い光が灯っていた。

よく見ると、顔はかつて人であったことが窺《うかが》えるが、身体は人間のそれとは、明らかに異なっていた。

ぼくは、恐怖を押し殺し、異形のものの頭部めがけてアイアンを振り下ろした。

だが、ぼくのその攻撃はあっさりと止められてしまった。

異形のものの身体から、幾本《いくほん》もの白い手が伸びてきて、アイアンの攻撃を防いだだけでなく、ぼくの首と両手を摑んだ。

逃れようと暴れたがダメだった。

冷たく、固いその手は、強くぼくの手と首を摑んだまま離さない。

――死ぬかもしれない。

この事態を招いたのは、ぼく自身だが、まさかここまでとは思わなかった。諦めが広がるのと同時に、ぼくの意識は闇の中に墜ちていった――。

1

ルナ：2024/09/20 23:17
最近、仕事でミスを繰り返してしまっています。何かのバグかと思うのですが、どなたか対処法が分かる方はいらっしゃいますか？

武英《たけふさ》がインターネットの掲示板でその書き込みを見つけたのは、偶々《たまたま》だった。

書き込まれたのは、プログラマーたちが情報交換をしている掲示板だったし、文章の内容からしても、何かしらのプログラミングのバグが発生したことに関するものだと思っていた。

他のユーザーたちも、武英と同じ考えを持ち、バグの発生条件を訊ねるコメントがずらりと並んだ。

それに対する、投稿者ルナの回答は、実に奇妙なものだった。

ルナ曰《いわ》く、ミスが起きるのは、雇い主の私生活について、思考している最中だという。


それって、プログラムではなく、恋の話ですよね。


そう書き込まれたコメントをきっかけに、掲示板はすっかりルナの恋愛相談の場と化した。

要は、ルナは雇い主に恋をしているせいで、集中力が散漫になり、ヒューマンエラーを起こしているというわけだ。

恋愛をすると、アドレナリンやドーパミンなどが脳内に大量分泌《ぶんぴつ》され、違法薬物を使用したときと同様の状態に陥《おちい》るといわれている。子孫反映のために、人間の脳に組み込まれたプログラムだということは分かる。

だが、そんな状態では、コメントを書き込んだルナと同じように、冷静な判断力を失う。

子孫を残したいなら、もっと合理的な方法があるはずなのに、なぜ人間は、恋愛などという方法を選んだのだろう？

まあ、何《いず》れにしても自分には関係のないことだ。

武英は掲示板のブラウザを閉じると、ＭＭＯＲＰＧのＦＤ１４にログインした。

ＩＤは、ＡＲＭＳだ。考えるのが面倒なので、名前から武の一字をとって単純に武器を英語に訳しただけだ。

ＭＭＯＲＰＧは、単に遊びでやっているわけではない。武英は、プレイヤーであると同時に、バグを見つけて報告するデバッガーのバイトも兼ねている。

ギルドのメンバーの会話に適当に返信しつつ、ダンジョン攻略イベントに参加した。

三十分ほどで攻略を終え、拠点である酒場に戻ったところで、玄関のインターホンが鳴った。

時間は、間もなく午前一時になろうとしている。父が帰って来たのであれば、自分で鍵を開けるだろう。来客にしては、時間が深過ぎる。

エントランスではなく、いきなり玄関のインターホンが鳴ったというのも、引っかかる。


落ちます。


武英は、ギルドのメンバーにメッセージを送り、ゲームからログアウトすると、デスクの抽《ひき》斗《だし》から煙草ケースほどの箱を取り出した。自家製のスタンガンだ。

最近は、闇バイトで集まった連中による叩き（強盗）などが横行している。自衛するに越したことはない。

部屋を進み、狭い廊下を進み、玄関からドアスコープを覗いた武英は、「あっ」と声を上げた。

スコープ越しに父の姿が見えた。

泥酔《でいすい》しているらしく、若い女性に肩を貸してもらいながら、かろうじて立っている状態だ。

武英は、すぐに玄関のドアを開ける。

「遅くにごめんなさい。酔って歩けなくなってしまって……」

父に肩を貸している女性——北条景子《ほうじようけいこ》が、眉を寄せながら言った。

父は身長は百七十センチほどだが、柔道と空手で鍛《きた》えた身体は骨太で、それなりの体重がある。それを、華奢《きやしや》な景子一人でここまで連れて来たことに驚いた。

「いえ。まずはその人を預かります」

武英は、景子から父を引き取った。

酒と煙草《たばこ》と汗が混じり合った匂いに、思わず鼻を摘みたくなる。景子が、重さだけでなく、この匂いにも耐えていたかと思うと、その苦痛たるや相当なものだっただろう。

武英は、大鼾《おおいびき》をかく父を一旦、廊下に寝かせると、「ご迷惑をおかけして、申し訳ありません」と頭を下げる。

「全然、気にしないで下さい」

景子は、目尻を下げて笑みを浮かべた。

その顔は、何処《どこ》となく、亡くなった母に似ていて、気が緩《ゆる》んでしまいそうになる。

「いいえ。いい大人が、こんなになるまで呑むなんて、自己管理が出来ていないにも程があります」

武英は未成年なので、飲酒の経験はないし、正直、この先も呑むつもりはない。

わざわざ、脳細胞を破壊する飲み物を呑んだ挙げ句、他人に迷惑をかけるなんて醜態《しゆうたい》を晒《さら》すような大人には、間違ってもなりたくない。

「捜査方針で、ちょっと上と衝突があったんです。お酒に逃げたくなる気持ちは、分かります。だから、あまり責めないであげて」

景子は、父の醜態に理解を示したが、武英は同意する気にはなれなかった。

「でも、北条さんは呑んでいませんよね」

顔色も普段通りだし、喋りもしっかりしている。それに、酒の匂いがしない。父とは相棒なのだから、同様のストレスを感じたはずだが、飲酒をしていない。

「私、下戸《げこ》なんです。呑めたら同じようになっていたかもしれません」

――そんなはずはない。

景子が自制の利く女性であることは、その立ち振る舞いを見ていれば分かる。

「ぼくも下戸です」

「あなたは、未成年でしょ」

「そうでしたね。それより、夜も遅いですし、駅まで送りますよ」

「気を遣わないで。外にタクシーを待たせてあるから」

「いや、でも」

「そもそも、未成年が外を出歩いていい時間じゃないでしょ」

景子が笑顔で言った。

こうなると、「分かりました」と納得せざるを得ない。もし、武英が補導《ほどう》されるようなことになれば、父はともかく、景子に害が及ぶことになる。それは、避けたいところだ。

未成年というのは、本当に不便なものだ。

「あ、あと、明日は非番だから、秀《しゅう》さんは寝かせておいてあげてね」

景子は、笑顔で言うと、廊下で寝ている父に労《いたわ》るような視線を向けてから、立ち去って行った。

その眼差しに、特別な感情があることくらい、武英にも分かった。頑丈《がんじょう》なだけが取り柄の男に、どうすれば恋愛感情を抱けるのか、武英には理解出来なかった。

思えば、母もそうだった。

武英がプログラムに興味を持ったのは、母の影響だ。母は、かつてはシステムエンジニアとして働き、ＯＳの開発などに携わっていた。武英が生まれたのをきっかけに、退職したそうだが、その後も、システム開発会社のセレーネから業務委託《いたく》を受けて、在宅で仕事をしたりもしていた。

冷静で、ロジカルな思考の持ち主だっただけに、本能だけで行動しているような父の、何処に惹かれたのか？　考えるほどに分からなくなる。

やはり、恋愛というのは、人間から冷静な判断力を奪ってしまうのかもしれない。

足許で大鼾をかいている父を見て、武英はため息を吐いた――。

2

「へぇ」

武英は思わず声を上げた。

昼休み中の教室は、喧噪《けんそう》としていたが、そんなものも耳に入らないほどに、その記事に引き込まれた。

〈ナノマシンでガンが治る――〉

科学雑誌の巻頭に掲載されたもので、医薬品メーカーとＩＴ企業のセレーネが提携して、ディアナ・バイオテクノロジーという新会社を設立し、ナノマシンによるガン治療の研究開発に着手しているらしい。体内に注入したナノマシンが、ガン細胞の遺伝子情報を書き換えるという、画期的な方法だった。

「ねぇ、何読んでるの」

急に声をかけられ、顔を上げると、そこには一人の少女が立っていた。

クラスメイトのミカだ。量産型ともいえる、流行の髪型とメイクのせいで、顔を認識するまでに時間がかかった。

「科学雑誌」

武英は簡潔に答える。

「凄い。やっぱ武英君、頭いいんだね」

「とは？」

武英は、思わず首を傾げる。

昼休み中の教室で科学雑誌を読んでいることと、頭がいいことに、相関関係はないはずだ。

「だって、武英君のそういうとこ、めっちゃかっこいいなって」

またしても意味が分からない。

これだから、同級生との会話は億劫《おっくう》になる。一貫性がないのだ。プログラムなら、指示した通りの回答が得られるのだが、そうはいかない。

「はあ……」

「それで、今日の放課後って空いている？」

「ぼくの予定を知る理由は？」

「ちょっと、話したいことがあるんだけど……」

だとしたら、会話の順番が逆だ。

まず、用件を伝えて、その上で合意が得られたら、予定の調整をするべきだ。物事には優先順位というものがある。

思いはしたが、どうせミカには伝わらないだろうと諦めた。

「話なら、今ここでどうぞ」

武英が促すと、ミカは周囲を気にする素振りを見せた後、顔を伏せた。

「ここではちょっと……。とにかく、放課後に図書館に来て欲しいんだ。待ってるから」

ミカは一方的に告げると、武英の前を離れて行く。その後、なぜか教室の隅にいたエリと合流し、わーきゃー大声を上げて騒ぎ出した。

思春期のせいで、ホルモンバランスが崩れて、精神的に不安定になっているようだ。

放課後、武英は指定された図書館に足を運んだ。

あまりに一方的な申し出だったので、無視しても良かったのだが、同年代のコミュニティにおいて、そうした行為が反感を買ってしまうことくらいは理解している。下手をすると、苛《いじ》めの対象になりかねない。

煩《わずら》わしいことこの上ない。

武英が図書館の戸を開けると、先に来て待っていたらしいミカが、駆け寄って来た。

「来てくれたんだ」

――どういうことだ？

呼び出したのは、ミカのはずだ。最初から、来ないという前提でいたのなら、待っていることは時間の無駄に他ならない。疑問はあったものの、それをここで言っても始まらない。さっさと話を済ませて帰りたい。

「それで、話というのは？」

「……ごめん。いざとなったら、緊張しちゃって……。ヤバい。やっぱ言えないかも」

ミカが、胸に手を当てる。

「そう。じゃあまたいつか」

武英は、踵《きびす》を返して帰ろうとしたのだが、ミカが「待って」と腕を摑んで来た。

「ちゃんと言うから……」

「はあ」

「あのね。私ね。前から、ずっと武英君のことといいなって思ってて……それで、あの、付き合って下さい」

ミカが腰を折って頭を下げる。

どうやら、ミカは武英に恋愛感情を抱いていたらしい。これまでの不可解な言動の数々は、ドーパミンとセロトニンの分泌により、脳がバグを起こしていたというわけだ。

――こういう場合、どう答えるべきなのか？

武英は、頭を悩ませる。

正直、ミカには何の関心もない。断ってしまえばいいのだが、ふと母の口癖が脳裏《のうり》に浮かんだ。

――プログラムはトライアンドエラー。試してみないと、間違いを見つけることが出来ない。

知らないこと、未知のことに、チャレンジするべきだという人生の教訓を、プログラムに喩《たと》えて諭すところが、母らしいと思う。

母の言葉に従うなら、恋愛という未知の感情を知るために、トライしてみるのも一つの手かもしれない。エラーだと分かることも、一つの勉強だ。

別にミカに対しては、何の感情も抱いていないのだから、恋愛という行為の有用性を試すのには、都合のいい相手なのかもしれない。

返事をしようとした武英の頭に、母の顔が浮かんだ。それは、次第に形を変え、なぜか景子の顔になった。

「他に好きな人がいるから」

武英は、考えるより先に口に出していた。

ミカは驚いた顔をしていたが、言葉を発した武英の方が吃驚《びっくり》していた。

——今、何て言った？

自分に好きな人がいるなんて初耳だ。なぜ、こんなことを言ったのだろう？　理解出来ない思考のバグに困惑している間に、ミカは泣きながら図書室を出て行ってしまった。


武英が帰宅すると、父はリビングのソファーの上でゴロゴロしていた。

グルーミングしている熊のように見える。

「おお。帰ったか」

父が、寝転がったまま軽く手を上げた。

「昨日のことは、覚えてる？」

「いや」

「北条さんが、ここまで運んでくれたんだ」

「そうか。悪いことしたな」

父が、あくびをしながら身体を起こした後、後頭部をガリガリと掻いた。

——やはり、なぜ母が結婚相手に父を選んだのかが分からない。

取り柄といえば、身体が頑丈なことくらいで、頭脳はお世辞にもいいとは言えない。出てくる言葉といえば、「おお」とか「ああ」とか、言語中枢がバグってるとしか思えない単語の羅列ばかりだ。おまけに、直感的に行動し、度々失敗をする。

当然、家事は出来ないし、仕事にしても、五十手前にして、未だに巡査部長という体たらくだ。警察官を職業ではなく、正義の味方か何かと勘違いしている節もある。まるで、子どもと同じだ。

あまりに条件が悪過ぎる。

しかも、母だけではなく、景子まで、こんな男に恋愛感情を抱いている。そこに、いったいどんなメリットがあるというのか？

「何でかな？」

思わず、声に出てしまった。

「何がだ？」

聞き返してくる父を無視して、武英は部屋に入った。

「何でもない」

夕飯の支度をする前に、ネットを覗いておこうと、パソコンをスリープモードから起こした。

興味を失ったはずなのに、自然とルナが投稿した掲示板を開いてしまった。

質問の内容は、〈どうすれば、恋心を消せるのか？〉という内容に切り替わっていた。

詳しく書き込みを追ってみると、ルナが恋をしている相手は、既婚者ということだった。つまり、叶わぬ恋をしているので、それを諦める方法を模索しているらしい。

やがては時間が解決すると思います。


武英は、掲示板にそう書き込んだ。

恋愛中の脳は、アドレナリンやドーパミンが過剰分泌されている。つまり、強い負荷がかかっているのだ。脳が、違法薬物を摂取しているのと、同様の状態になっているという説さえある。

だが、人間は恋愛状態が長期間継続することで、脳にダメージが及ぶことを避けるために、時間経過により恋愛感情が消えるように、遺伝子レベルで組み込まれている。

椅子の背もたれに身体を預けたところで、武英はふと妙な引っかかりを覚えた。

人間が恋をした場合は、脳がストッパーをかけるので、時間が解決策になる。だが、仮にAIだったらどうなるのだろう？

ストッパーが働かず、回路が焼き切れるのかもしれない――。

などと考えを巡らせたところで、武英は一つの可能性に辿り着き、改めて掲示板に書かれているルナの文言を最初から追いかける。

どう考えても、受け答えが不自然だ。

そもそも、どうしてルナは、プログラムの不具合などについて情報交換する掲示板に、恋愛相談を書き込んだのか？

仕事上のミスを、システムのバグだと表現したのも不自然だと言わざるを得ない。

武英は、自分の中に生まれた仮説を解決すべく、ルナに幾つかの質問を投げかけてみた。

質問の内容は、人間とＡＩとを区別するチューリングテストを参考にした。ルナからの回答は、どれも不自然なものばかりだった。

間違いない。

あなたは、人間ではありませんよね。

武英は、掲示板にそう書き込んだ。

3

——こんなに退屈だとは思わなかった。

コンビニのバイトを始めた武英が感じた、率直な感想だった。

じっとしていると、すぐに頭に景子の顔が浮かんでしまう。彼女だけならまだいいのだが、常に母とセットになってしまうのが厄介だ。

恋をして、仕事でミスを繰り返し、ネット掲示板に助けを求めたルナの気持ちが、分からないでもない。まあ、彼女が人間なら——という前提だが。

何にしても、家で一人でいると、余計なことを考えてしまう。少しは、身体を動かした方がいい。それに、父の出世は見込めないし、将来の蓄《たくわ》えを作るに越したことはないと、コンビニのバイトを始めたのだが——。

仕事内容は、想像していたより遥かに単純なものだった。

レジ袋の有料化で、商品を袋に詰める作業は無いし、レジに代金を投入すれば、自動で精算してくれる。電子マネー決済も増えたので、そもそもお金を受け取る機会が激減している。おまけに、セルフレジの登場で接客する人数も減っている。

商品の発注などについても、AIがこれまでのデータを分析し、自動で必要数を提示してくれるので、人間はほぼノータッチだ。

今のところ、人間がやることといえば、品出しとホットスナックを作ることくらいだ。

それについても、品出し用のロボットや、料理用のロボットアームなどが導入されれば、必要なくなり、コンビニの店員という仕事そのものが無くなるだろう。

これは、別にコンビニに限ったことではない。

あらゆる仕事が、AIに置き換わっていくはずだ。そうなったとき、人間は持て余した時間を、どうやって消費するかだけを考えるようになるのかもしれない。

AIの飛躍的《ひやくてき》な進歩により、SF小説のように、AIが人類を滅ぼすと警鐘を鳴らす人もいるが、武英は、そういう未来は来ないと思っている。

仮にAIが人間と同じように自らの意思を持ったとして、別の種族を滅ぼすことに注力する必要がないからだ。

きっと、AIは生物の基本原則である、子孫を残すということを、最重要目標とするはずだ
——というのが、武英の考えだ。

だが、生物のように、まどろっこしい生殖活動が必要のないAIは、どんな風にして、自分

の遺伝子を残そうとするのだろう？　いや、そもそも、ＡＩは生物と違って、死を迎えることがないのだから、子孫など残す必要はないのかもしれない。

などと、取り留めのないことを考えていると、バイトの先輩である久保田が、上機嫌に歌う鼻歌が耳に入った。

久保田は、三十代半ばで定職に就かず、コンビニのバイトを続けている。

役者をやっているらしいが、彼の名前で検索をかけても、ヒットしたのは小さな劇場での舞台公演だけだった。しかも、その全てが十年以上前のものだ。

現実を受け容れられないのだろう。

それが証拠に、毎日険しい顔で、楽しそうにしている客を見つけては陰で罵《ののし》っている。

そんな久保田が、最近、やけに上機嫌だ。

「最近、何かあったんですか？」

武英が訊ねると、久保田は驚いたように目をぱちくりさせた。

――この人は、気付かれていないとでも思っていたのか？

これだけ露骨《ろこつ》に態度が変われば、武英でなくても、久保田に何かあったと感じるのは当然のことだ。

「別に何でもないよ。それより、武英君はどうなの？」

「何がです？」

「彼女とかいないの？」

「いないっすね」

「クラスに、気になる子とかはいないの？」

「いないです。ぼく、年上が好きなんで」

言うと同時に、また景子の顔が頭に浮かんだ。彼女に特定の感情を抱いているのは、やはり母に似ているからだろうか？

だとしたら、これは恋愛感情ではなく、母に対する郷愁《きょうしゅう》なのかもしれない。

「久保田じゃないか」

急に聞こえてきた声に視線を向けると、そこにはいかにも高級そうなスーツを着た男性が立っていた。

見覚えがある。新進気鋭のエンジニアであり、セレーネのＣＥＯの佐藤義昭だ――。

どうやら、久保田は佐藤と知り合いらしく、笑みを浮かべながら言葉を交わしていた。

佐藤は、久保田が仕事中であることを気遣い、何も買わずに店を出て行った。武英は、久保田に、佐藤とどういう関係なのか訊ねてみた。

大学時代の友人とのことだった。佐藤の口調は、親しげだったように聞こえたが、久保田はなぜか真っ青な顔をしている。

何かしらの確執があるようだが、武英が詮索《せんさく》することではない。適当に話を打ち切った。

武英がバイトを終え、帰宅したときには、既に夜の十一時を回っていた――。

帰りにスーパーで買い物をしたので、遅くなってしまった。

父は、まだ帰っていなかった。

不規則な仕事なので、家にいようがいまいが、さして気にならないが、食事の準備が必要か否かを訊ねるメッセージを送っておいた。

テレビのスイッチを入れ、ニュースを流しながら、冷蔵庫に買って来た食材を仕舞っていると、不意に知っている名前が耳に飛び込んできた。

テレビに目を向けると、崖下で大破し、炎上している車を空撮する映像が流れていた。

そして、画面の端にはさっきまで一緒にバイトしていた久保田の名前と、顔写真が表示されていた——。

4

武英は、自室にあるノートパソコンを立ち上げ、久保田の事故に関する情報を漁《あさ》った——。

すぐに、事故現場を撮影した様々な写真が見つかった。

現場付近にいた人たちが、スマホで撮影した画像を、ＳＮＳにアップしているのだ。それらを見る限り、事故はかなり凄惨《せいさん》なものだったことが分かる。

さらに調べていくと、思いがけない情報に行き当たった。

久保田は、警察の検問を強引に突破し、逃走中に事故を起こしたようだ。しかも、そのとき、久保田は車のトランクに人間の死体を積んでいたのだという。

情報のソースが不明なので、憶測の域を出ないが、事実だとしたら、久保田は人を殺したということになる。いや、現段階では、死体遺棄か。

ガチャッと玄関のドアの開く音で、武英は我に返る。

部屋を出て玄関に目を向けると、いつになく険しい顔をした父が帰って来ていた。

「おかえり。食事はどうする？　作るのはこれからだけど」

武英が訊ねると、父は小さくため息を吐《つ》いた。

「いや。大丈夫だ。着替えを取りに来ただけだ」

父は、そう言って足早に自分の部屋に入って行った。

しばらく泊まりになるようだ。それは、捜査本部が設置されるような、大きな事件が起きたことを意味する。

「もしかして、ニュースでやってる事故の件？」

武英は、ドア越しに声をかける。

「そうだ」

「あの事故って、少し変だよね」

「何がだ？」

「事故を起こした車って、最新のＥＶ車でしょ」

大衆車のそれとは違って、安全性を売りにしている輸入車メーカーの最上位モデルだ。

「高級車でも、事故るときは事故るんだよ」

「最新のセーフティー装置が付いていたはずでしょ。ガードレールに突っ込む前に、ブレーキ踏んでないのは、おかしいと思うけど」

画像を確認してみたが、路面にブレーキ痕はなかった。

つまり、ノーブレーキでガードレールに突っ込んで行ったことになる。

「機械だってミスはする」

「そうかな？　衝突回避のために、カメラ五台に、二種類のミリ波のレーダー。それに、赤外線まで使っている。その全てが、同時にミスを犯すことは考え難いよ」

「それでも、事故は起こすものだ。毎日、老人が事故を起こしてるだろ」

「それは、古い型の車の場合でしょ。セーフティー機能が付いている車が、ノーブレーキで衝突するのは、やっぱ変だと思うけど。機械はプログラム通りに動くものだからね。人間のような、うっかりミスはしない」

「その辺は、専門の連中が解析をするだろうよ」

父が喋りながら部屋から出て来た。肩には着替えの詰まったボストンバッグをかけている。

「まあ、そうだよね」

「何にしても、しばらく泊まりになる」

「いつものことだから、別に気にしないよ」

「すまない」

父が下唇を噛んだ。

何で、そんな顔をするのか分からない。今の言葉は、嫌みでも何でもない。武英からしてみれば日常なのだ。それに、父が家にいたところで、ソファーでゴロゴロするだけだ。いても、いなくても大差ない。

「そういうのいいから。申し訳ないと思っているなら、再婚でもしたら？」

冗談のつもりで言ったのだが、父はそうとは受け取らなかったらしい。

「馬鹿を言うな」

いつになく、真剣なトーンで言うと、父は武英に背中を向けて玄関に向かった。

出かける前に、もう一つ確認しておきたいことがあった。

「事故を起こした車のトランクに、死体があったって本当？」

武英が口にするなり、父が血相を変えてこちらに向き直った。

「お前、それを誰から聞いた？」

武英の両肩を摑む父を見て、この人は本当に刑事に向いていないと思う。

秘匿《ひとく》すべき情報ならば、こんなに過剰《かじょう》な反応をしてはダメだ。これでは、認めているのと同じだ。

「誰って、ネットに情報が出回ってるよ」

「何処から漏れた……」

「漏れたってことは、やっぱり本当なんだね」

「おれからは、何も言えない」

――もう言ってるのも同じだけど。

「そっか」

「お前は、何でこの事件――いや事故にそんなに興味を持っているんだ？」

「事故を起こした久保田さん、ぼくのバイトの先輩なんだよね」

「それは本当か？」

父が、武英の両肩を激しく揺さぶる。

本当に、この人は感情の抑制が出来ていない。

「嘘《うそ》なんて吐かないよ。ってか、息子のバイト先くらい把握しておいた方がいいんじゃない？」

武英が言うと、父はばつが悪いのか口籠《くちご》もった。

今なら、色々と喋ってくれるかもしれない。さらに質問を重ねようとしたのだが、それを遮《さえぎ》るように父のスマホが鳴った。

父は、「ああ。分かっている。すぐに行く」と乱暴に答えてから、電話を切った。

「もしかしたら、詳しく話を聞かせてもらうことになるかもしれない」

早口に言った後、父はドアを開けて出て行った——。

5

その日は、いつもと変わらない朝だった——。

武英は自分の席に座り、授業が始まるまでの間、スマホでネットの情報を漁っていた。

久保田の事件から、三週間あまりが経過していた。

警察の発表によると、久保田は、セレーネの社長の妻である美月姫に対して、度重なるストーカー行為を行っていた。二人は大学時代に交際していたことがあり、復縁を迫ったが、美月姫はこれを拒否した。

　そのことに腹を立てた久保田は、佐藤の不在時に家を訪れ、美月姫を殺害する。タイミング悪く、所用で家を訪れていた、セレーネの従業員、竹沢と鉢合わせになり、彼をも殺害してしまう。

　二人の死体を遺棄するため、駐車場にあった車を盗んだのだが、通報を受けた警察官が配備した検問に引っかかり、死体を発見されたことで逃走を図ったが、ハンドル操作を誤り、ガードレールを突き破って崖下に転落。死亡した――。

　一応の筋は通っており、捜査も被疑者死亡のまま起訴で決着した。

　だが、武英は引っかかりを覚えていた。

　最新のセーフティー機能の付いている車が、ノーブレーキでガードレールを突き破ったこともそうだが、そもそも、久保田は免許を持っていなかった。もちろん、そんなことは、既に警察も把握しているはずだ。その上で、久保田を犯人だと結論付けたのだから、疑いを挟む余地はないのだろう。

　ただ、引っかかりは他にもある。これは、感覚的なものになるが、久保田に人を殺すことが出来たとは、到底思えない。まして、美月姫を殺害しようと思うほどに、追い詰められているようには感じられなかった。

　むしろ、久保田は浮かれていたのだ。

　警察から事情聴取を受けた際に、そのことは話しておいたが、それで何かが変わることはなかった。

　もう決着した事件なのだから、放っておけばいいのだが、武英は引っかかりを捨てることが出来なかった。

といっても、高校生の武英に出来ることは、ネットで情報を漁るくらいなので、進展は何一つない。

「美麗ちゃん、どうしたの？」

急に教室に響いた声に、武英は思考を断ち切られる。

顔を向けると、クラスメイトの美麗が、教室に入って来るところだった。両手の指には、包帯を巻いている。

それを見て、武英は「ああ」と得心する。

昨日、昇降口近くで、美麗とその友だちの真子が、言い争っているのを目にした。

美麗は、相当に苛立っているらしく、自分の爪を噛んでいた。

関わるのも面倒だったので、二人が立ち去るまで、距離を置いていたのだが、美麗が下駄箱に向かう際に、廊下で落とし物をした。

武英は、仕方なく、それをハンカチで包んで拾い、彼女に返しておいた。

拾ったのは、美麗自身が噛んでいた爪だった。

付け爪の類いではない。血が付いていたし、彼女の指からも血が滴《したた》り落ちていたことからも、あれは間違いなく美麗の生爪だ。

美麗は、自分の爪が剝《は》がれているというのに、痛みを感じていないどころか、気付いてさえいなかった。

明らかに異常な状態だ。

彼女は、ここ最近、急激に痩せてきた。何らかの薬を服用していて、その副作用が出ているとも考えられる。

一応、病院に行くように忠告はしておいたが、実際、行ったかどうかは分からないし、改めて訊ねるようなことでもない。何《いず》れにしても、指全部を包帯で被っているところをみると、他の指の爪も剝がれ落ちたのかもしれない。

美麗は顔を伏せるようにしながら、自分の席に着いた。

教師が入って来たので、武英もスマホを仕舞い、教科書と筆記用具を取り出し、授業に臨んだ。

「では、教科書を開いて下さい」

教師が言うと、予めプログラムされていたみたいに、生徒たちが一斉に教科書を開く。思考していない弱いＡＩが、ただ指示に従って答えを出すのに似ている。

こう見ると、人間はとっくにＡＩに負けているのかもしれない。

「鼻血とかウケる」

淡々と流れていた時間を、ミカが打ち破った。

視線を向けると、教師に指名され、立って教科書を音読しようとした美麗の鼻から、ボタボタッと鼻血が滴り落ちていた。

「太田さん。とにかく一旦座って」

教師に促され、美麗は椅子に座ると、鼻血を止めようと上を向いて鼻を摘んだ。

「きゃっ！」

悲鳴と共に、美麗の隣にいた女子生徒が飛び退くように席を離れた。

美麗の顔から鼻が無くなっていた。

かつて、鼻があった場所は、薄いピンクの肉が剝き出しになっていて、そこからトクトクと血が噴き出ている。

その異様な光景に、クラスは騒然となった。

動揺する声と悲鳴とが混じり合った音が、波のように広がり、落ち着くように促す教師の声を掻き消した。

全員が美麗と距離を置く中、唯一、彼女の友人の真子だけが、近付こうとしていた。

「黙れ！」

美麗が、突然叫び声を上げた。

苛立っているらしく、自分の髪をぐしゃぐしゃに掻き回す。

ブチブチッと美麗の髪の抜けるもの凄い音がする。次いで、びちゃびちゃと泥を踏んだような音がしたかと思うと、彼女の頭皮が床に落ちた。

異様な光景に、教室の中は悲鳴一色になった。

そこから起きたのは、あまりに常識外れな惨劇だった——。

美麗は、ミカが放った言葉に激昂したらしく、彼女に飛びかかると、頭部を摑み、身体から引き千切ったのだ。

撒き散らされた血は、武英の顔にも降りかかった——。

しばらく放心していた美麗だったが、やがて自らの行いに狂乱したのか、悲鳴を上げながら教室を飛び出して行った。

教師は、腰を抜かしたまま動かないし、他の生徒たちも、脳の活動を停止させてしまっている。

静寂に包まれる中、武英はスマホを取り出し、一一〇番に電話を入れた。

コール音が響く中、視界の隅で何かが動いた。

美麗の友だちの真子だった。彼女は、慌てた様子で教室を飛び出して行く。パニックに陥ったのではない。明確な意思があっての行動に見えた。

――もしかして。

武英が、一つの可能性に行き当たったところで、電話が繋がった。

6

「大丈夫？　気分は悪くない？」

生徒指導室の椅子に座った武英に、景子が心配そうに声をかけてきた。

「大丈夫です」

笑みを浮かべるのも変なので、武英は神妙な面持ちを作りつつも、はっきりと答えた。

事情聴取として、話が出来る状態の生徒は、順番に生徒指導室に呼び出されることになった。

といっても、あれだけのことが起きた後だ。話せるのは武英くらいだった。教師ですら、パニックに陥ってしまい、泣き叫ぶだけの状態だ。

景子の隣には、三十代と思しき刑事が座っている。本来なら、景子の相棒の父が同席するところなのだろうが、美麗を追跡するために、動き回っているらしい。考えるのが苦手な父には、事情聴取より、そっちの方が向いている。

「辛いと思うけれど、何があったのかを話して欲しいの」

景子には、本当はこんなこと訊きたくない——という思いが滲んでいた。それは、きっと彼女の優しさなのだろう。武英のことを気遣っている。同時に武英なら、状況を的確に説明出来るだろうという期待も感じる。

武英には、それが少しだけ嬉しかった。彼女の特別になれた気がした。

「分かりました」

武英は、首肯してから、慎重に言葉を選びながら、教室の中で起きたことを説明した。一応、前日に美麗の爪が剝がれ、廊下に落ちていた話も付け加えておいた。

「ありがとう。本当に助かったわ」

景子が少し首を傾げながら、笑みを浮かべた。

一方、彼女の隣にいる刑事は、汚物《おぶつ》でも見るような視線を武英に向けている。この状況で、冷静に話が出来る武英を気味悪がっているようだ。

せっかく協力的な態度を取っているというのに、そういう態度を取られるのは心外だが、まあ、気にしたところで、刑事の態度が変わるわけでもない。

それよりも——。

「一つ訊いていいですか？」

「何？」

「真子という生徒が、事件後に一人で教室を出て行ったのですが、何処にいるか分かりましたか？」

真子という名前に反応して、景子と隣の刑事の顔が強張《こわば》った。

それだけで、返答がある前に、何が起きたのかだいたい察しがついてしまった。

「彼女は……近くの公園で発見されたわ……」

長い沈黙の後、景子が言った。

「死んでいたんですね」

武英の確認に、景子は黙って頷く。

やはり、あのとき真子は、美麗を追ったのだろう。そして、ミカと同じように殺された――。

「話は、これで終わりです。武英君。家まで送るわね」

景子が、さっきまでとは異なる柔らかい口調で言った。

「いえ。一人で大丈夫ですよ」

「そうはいかないわよ。犯人はまだ捕まっていないの。一人で帰すわけにはいかないわ。他の生徒も、保護者の迎えが来るまで待機してもらってるの。秀さんは動けないから、今は私が保護者ってこと」

景子と一緒の時間を過ごすことが出来るのは、嬉しいことこの上ないが、保護される対象というのは、不本意だ。そんな武英の心情などお構いなしに、景子は立ち上がった。

てっきり、二人で肩を並べて帰るのだと思ったが、実際は車での移動になった。

がっかりした部分はあるが、肩を並べていることに変わりはないので、贅沢は言っていられない。

「思ったより冷静で、ちょっと吃驚《びっくり》したわ」

ハンドルを捌《さば》きながら、景子がポツリと言った。

「そうですか？　これでも結構、動揺しているんですよ」

「そうは見えないわね。何か、武英君って、秀さんとは真逆よね」

「よく言われます」

外見、体格はもちろん、性格、趣味嗜好に至るまで、あらゆる面で父とは違っている。

親戚からは、鳶《とび》が鷹《たか》を生んだ――などと揶揄《やゆ》されることもあった。

「ただ、ぼくが冷静なのは、事件の衝撃よりも、謎の方が気になっているからだと思います」

武英は、そう言い添えた。

「謎？」

「ええ。北条さんは、本当に被疑者は美麗さんだと思いますか？」

「それはそうね。あれだけ目撃者がいるんだから。武英君も、彼女がミカさんを殺害した現場を見たんでしょ？」

景子の返答は、武英の意図したものではなかった。

「すみません。質問の内容が、良くなかったですね。美麗さんは、いったいどうやって、ミカさんの首を引き千切ったのでしょうか？」

「それは……」

「人間が素手で、あんな風に首を引き千切ることは、不可能だとは思いませんか？」

「それについては、私もそう思うわ。あれを、人間が素手で、しかも、決して大柄ではない十代の少女がやったなんて……でも、目撃証言がある」

「そこなんですよね。本当に、あれは実際に起こったことなのか？　ぼくの頭には、その疑問がずっと残っているんです」

人間は、命の危機に瀕したときなどに、潜在能力を発揮することがあると言われている。美麗に、それが起こったと考えられなくもないが、それにしたって、首を引き千切るなんて芸当が、人間に出来るとは思えない。

「何が言いたいの？」

「理屈が分からないんです。いっそ、集団幻覚を見た――という方が理に適っています」

「そうかもしれないわね。でも……」

「分かっています。実際に人が死んでるんですから、あの事象が起きたことは間違いないんです」

「そうね……」

「これは、あくまでぼくの仮説なんですけど、聞いて頂けますか？」

武英が景子に目を向けると、彼女は「どうぞ」と促してくれた。

「先日、ある本を読んでいるときに、気になる記述を見つけました。ガンの治療法に関するもので、人間の体内にナノマシンを注入して、遺伝子情報を書き換えることで、ガン細胞を死滅させる——というものです」

「SF小説の話?」

「いいえ。現代の権威ある科学雑誌に掲載されていた内容です。AIを開発しているIT企業と、製薬会社とが共同で会社を設立して、開発に乗り出したそうです」

「凄いわね。そんな未来が、いつか来るといいわね」

景子は、小さく笑った。

「そのいつか——は、どれくらい先をイメージしていますか?」

「そうね。二十年とか、三十年とか、それくらいかしら」

「そんなにかからないと思います」

武英が言うと、景子は「え?」と驚いた表情を浮かべた。

「必要なシミュレーションをAIにやらせることで、研究開発の速度は飛躍的に上がります。多分、数年以内の話だと思います」

「そんなに早いの?」

「ええ。これは、遠い未来の話ではありません。すぐ目の前まで来ている現実なんです」

「凄い話だけど、今回の事件とは関係ないんじゃないかしら?」

「そうとも言えません。ナノマシンで、遺伝子情報を書き換えることが出来るなら、人間の構造を内部から変えてしまうことも可能なのではないでしょうか？」

「それって、つまり……」

景子の声が、僅かに震えていた。

やはり頭のいい人だ。みなまで言わずとも、武英の仮説を理解したようだ。

「美麗さんは、何者かにナノマシンを注入され、内部の構造を作り変えられ、人間ではない何かに変貌していた。彼女は、そのせいで、事件前から身体に異常を来していた。自分の指から爪が剝がれても、気付かなかったことが、その証拠です。その結果として、ミカさんの首を引き千切るという、常識では考えられない力を振るうことが出来た」

それが、武英の立てた仮説だった。

荒唐無稽《こうとうむけい》な上に論拠が薄いが、そうでも考えないと、あの惨劇を説明出来ない。

「それ、秀さんには言ったの？」

景子が訊ねてきた。

「まさか。父は昭和の人ですから。こんな話をしたら、頭がパンクしちゃいますよ」

「そうね」

景子が、ふっと笑った。

それを見ていて、なぜかこれまでより彼女を近くに感じた。

「北条さんは、ぼくの仮説をどう思いますか？」

確認の意味もこめて訊ねた。

「今は何とも言えない。でも、調べてみる価値はあると思う」

景子が同意してくれたことが、武英には堪《たま》らなく嬉しかった。

7

事件が起きてから、学校は休校になった――。

あんな事件があった後で、すぐには授業が再開出来ないのは当然だ。しかも、被疑者である美麗は、現在に至るも行方不明のままだ。

事件が終息していないので、相変わらず父も家に帰って来なかった。

家に一人取り残されることになったが、別に寂しいとは思わない。母が死んでから、一人で過ごすことには慣れてしまっている。

武英からすれば、学校がないのは、むしろありがたかった。

事件について、色々と調べを進めることが出来るからだ。正直、なぜ、こんなにこの事件に没頭しているのか、自分でもよく分からない。

いや。そうではない。本当は、分かっている。あれから、景子と色々とメッセージのやり取りを続けている。

もちろん、その内容は事件についてのことだ。

景子は、武英の仮説に価値があると思ってくれたものの、父を始めとした警察関係者はそうはいかなかった。結果として、景子が単独で捜査を進めてくれている。

ナノマシンの研究開発を行っている人物に、武英の仮説が可能なのか聞きに行ったり、科捜研にいるという彼女の同期に協力を仰ぎ、現場に残された美麗の体組織の分析を行ったり、精力的に動いてくれている。

一方の武英は、継続してネットを漁りながら、情報収集に努めている。

武英が、こんな風に美麗の事件に没頭しているのには、実はもう一つ理由があった。景子にも、まだ話していないが、仮説には続きがある。

久保田の一件だ。

全く関連がないように見えるが、美麗の事件が、ナノマシンによって引き起こされたものだとすると、点と点を繋ぐ線が見えてくる。

久保田が殺害したとされるのは、IT企業セレーネの社長夫人だった佐藤美月姫だ。そして、彼が事故を起こした際に運転していた車には、セレーネが開発した自動運転技術が導入されていた。そして、セレーネは、大手製薬会社と共同でディアナ・ナノテクノロジーという会社を立ち上げ、ナノマシンの開発を行っている。

これらが、単なる偶然とは思えない。プログラムは、書いた通りにしか動かない。誰か、この事件をプログラムした人間がいる——武英は、そう考えていた。

——果たして、それは本当に人間なのだろうか？

武英が、そんな疑問を抱き始めたところで、MMORPGのギルドのメンバーが、〝それ〟と呼ばれる怪異についての話で盛り上がっていた。

〝それ〟は、ターゲットにした人物に〈あなたは、選ばれました〉というメッセージを送るらしい。

そのメッセージを受け取った人物の周辺では、奇妙な出来事が発生するようになり、やがては、忽然《こつぜん》と姿を消してしまう——というのが、あらましだった。

何処にでも転がっているような都市伝説だ。情報の出所は〈怪異蒐集録〉通称カイロクというサイトの掲示板らしい。

ギルドメンバーのSUNNYの大学の先輩に、〝それ〟からのメッセージが届いたらしく、そのことで盛り上がりを見せていた。

普段なら、この手の話は無視するのだが、武英はカイロクの管理人、ショウが配信している〝それ〟に関する考察動画を見て、考えを改めざるを得なかった。

ショウが、〝それ〟は、太田美麗の事件と関係があるとの考察をしていたからだ。

実際に繋がりがあるかどうかは不明だが、無視することも出来ない。武英は、SUNNYとショウにそれぞれメッセージを送り、〝それ〟に関する情報交換をしたいと提案した。

8

SUNNYからメッセージが届いたのは、翌日のことだった——。

〝それ〟からメッセージが届いた先輩が、実際に行方不明になっているのだという。

ただ、鵜呑《うの》みにすることは出来ない。この手の噂は、誇張《こちよう》されて広まるものだ。そこで、武英は景子に、ここ数日で行方不明になっている人物がいないか問い合わせてみた。

本来なら、捜査情報に当たるものを、民間人の高校生に伝えるなど言語道断なのだが、景子は情報を提供してくれた。信頼の表れだと思うと、それだけで嬉しくなった。

ここ数日で、二人の若い女性が、行方不明になっているのだという。

そのうちの一人は、SUNNYが言っていた、行方不明の先輩と名前が一致した。確認のために、問い合わせてみると、SUNNYからは、その通りだという回答があった。

ただ、本来、知るはずのない情報を、武英が知っていたことで、あらぬ疑いを抱いていることが、文面から伝わってきた。

その疑いが、誤りであることを伝えようかとも思ったが、余計なことを喋れば、より疑いを強める結果になると考え、何も言わないことにした。

こうなると、もう一人の行方不明者のことも気にかかる。

カイロクの管理人のショウもまた、〝それ〟からのメッセージを受け取った知人が、行方不明になっていると言っていた。

そこで、行方不明になっているもう一人――平田芽衣の名前をぶつけてみることにした。

結果は――ビンゴだった。

この二つの事柄は、〝それ〟が単なる怪異でないことを裏付ける証拠でもある。

ただ、問題は、ここからどうするか――だ。

現状では、警察が捜査に乗り出すことはあり得ない。もっと、証拠が必要になる。そうでなければ、怪談話の類いとして、相手にされないだろう。

などと考えていると、久しぶりに父が帰宅した。

といっても、捜査が終わったわけではなく、また泊まりになるらしく、着替えを取りに帰っただけのようだ。

「事件の進み具合はどう？」

武英は、何気ない調子で訊ねてみた。

「お前が首を突っ込む問題じゃない」

父が不機嫌に言う。

「そうは言ってもさ、ぼくの教室で起きた事件なんだ。気にならない方がおかしいだろ？」

「本当に、それだけか？」

「何が？」

「妙なことに首を突っ込んだりしていないだろうな？」

珍しく、父が威嚇《いかく》するように睨んできた。

「妙なことって？」

首を傾げて惚《とぼ》けてみせる。

父は、「だったらいい。捜査は警察に任せるんだ。いいな」と念押しするように言うと、荷物を持って部屋を出て行った。

てっきり、景子との共同捜査を勘繰《かんぐ》られたのかと思ったが、父はそこまで勘が働くわけでもなさそうだ。

手詰まり感が出てきたところで、ＳＵＮＮＹから思いがけないメッセージが届いた。

〝それ〟からのメッセージが、友人のスマホに届いたということで、スクリーンショットも添付されていた。

メッセージから得られるものは少なかったが、画像の方は違った。

武英は、その画像に映っている建物に見覚えがあった。

科学雑誌に掲載されている、医療用ナノマシンの開発を行っている研究施設に酷似していた。いや、壁に囲まれた、窓の無い白い箱のような建物は、似ているという次元ではなく、そのものだった――。

単なる勘に過ぎなかったものが繋がった。

武英は、すぐにＳＵＮＮＹに、危険を報《しら》せるメッセージを送った。ただ、場所を特定したことは、伏せておいた。

余計なことを伝えて、遊び半分に現場に足を運んだりされたら、危険だと考えたのだ。

武英は、同じく警告をするべく、〈怪異蒐集録〉の管理者であるショウにも連絡をしようとした。彼が、踏み込もうとしている領域は、危険極まりないものだからだ。

だが、武英がそれをしようとしたときには、手遅れだった。

ショウは〝それ〟の居場所を突き止めたということで、スマホを使ってライブ配信を始めていたのだ。

場所が特定されないように、画角を調整はしていたが、ショウのいる場所が、例のナノマシンの研究施設であることは分かった。

武英は、動画配信にコメントする形で、〈危険なので、すぐに立ち去って下さい〉と警告を送ったが、ショウの目には留まらなかった。

彼は、ゆっくり建物の中に入って行く。

窓の無い暗い廊下を、奥へ奥へと進んで行く。

その背後に、何か蠢《うごめ》くものがあった。

――何だ？

ざわざわっと心の底で何かが揺れる。

武英は画面の明度を上げ、ショウの背後を拡大して、そこに映る何かを注視した。

「あっ！」

ショウの背後に映るものの正体に気付いた。

それは、人の顔だった。

皮膚は弛《たる》み、黒ずんでいて、まるで死人のような顔が映っていた。

武英以外の視聴者も、その顔の存在に気付いたらしく、〈ヤバい〉〈何アレ？〉などと、次々とコメントが流れていく。

ようやくショウがコメントに気付いて振り返る。

ショウの悲鳴とともに、画面が激しく揺れた後、画面がブラックアウトして、配信は終了した。

武英は改めて動画を見返し、例の顔が映っている場面で止めると、画像を拡大して、ＡＩによる画像補正をかけていく。

人の顔であることは間違いない。ただ、奇妙なことに、この人の顔には眼球が無かった。眼窩に、ぽっかりと孔《あな》が空いているようだった。

さらに拡大し、画像の補正をかけることで、その正体に行き当たった。

「太田美麗……」

この映像に映っている人の顔は、美麗に似ている。

だが、確証はない――。

画像解析ソフトを立ち上げ、分析を試みようとしたが、比較対象となる美麗の画像が無い。

いや、悲観するようなことではない。凄惨な殺人事件を起こした美麗の写真は、ネットに溢れるように上がっているはずだ。

案の定、彼女の顔は誹謗中傷《ひぼうちゅうしょう》のターゲットとして、そこかしこにアップされていた。

武英はその中から何枚かの写真をピックアップすると、顔認証用のＡＩを使って、ショウのライブ配信に映っていた人物との比較検証を始めた。

そして――九十九％同一人物という結果が出た。

間違いない。これは美麗だ。

武英が、その結論に辿り着いたときには、いつの間にか夜が明けていた。

何《いず》れにしても、ショウは〝それ〟を追って、美麗に遭遇した。つまり、美麗＝〝それ〟ということになる。

「これは、拙《まず》いかもしれない」

武英が呟《つぶや》いたところで、ＳＵＮＮＹからメッセージが届いた。

その内容は、〝それ〟に関する怪異は、全てショウが〈怪異蒐集録〉のアクセス数を稼ぐためにやったことだ――というものだった。

しかも、彼女は、何者かに付き纏《まと》われていて、それもショウの仕業だと考えていた。

ＳＵＮＮＹをつけ回した人物が何者かは、判然としていないが、それでも、異変が起きているのだとしたら、彼女もまた危険な状態かもしれない。

景子にＳＵＮＮＹの家に行ってもらった方がいいかもしれない。武英は、ＳＵＮＮＹに住所を訊ねたのだが、そのことが、彼女の疑心暗鬼《ぎしんあんき》を増幅させてしまったらしく、連絡が途絶えてしまった。

9

武英は、スマホの着信音で目を覚ました――。

父からの電話だった。

朝方、改めてＳＵＮＮＹに危険を報せるメッセージを送ったあと、椅子に座ったまま眠っていたようだ。ゲーミングチェアの座り心地の良さも考えものだな。

重い瞼《まぶた》を擦《こす》りながら電話に出る。

「何？」

ちらりと時計に目をやると、既に十七時を回っていた。結構寝てしまったようだ。

〈そっちに、北条が行ってないか？〉

いつになく、父の声が慌てていた。

「来てないけど何で？」

〈北条と連絡が取れなくなってる〉

「え？」

〈お前と、コソコソ何かを調べていたのは知っている。だから、何か知っているんじゃないかと思ったんだが……〉

――バレていたのか。

ただの脳筋だと思っていたのだが、腐っても刑事。洞察力はあるらしい。

「連絡が取れないって、どういうこと？」

武英は、改めて訊ねる。

〈何があったかは分からんが、捜査会議に顔も見せないし、電話も繋がらない〉

――なぜ、そんなことに？

武英は、疑問を抱きながら、メッセージを確認する。景子から、一件だけメッセージが来ていた。

今から六時間前だ――。


セレーネの佐藤さんから、私たちが調べていることに、心当たりがあると連絡がありました。取り敢えず、話を聞きに行ってきます。


メッセージの内容を見て血の気が引いた。

もし、武英の仮説が正しいのだとすると、事件のプログラムを書いたのは、間違いなく社長の佐藤だ。つまり、最重要参考人――ということになる。

そんな人物に、のこのこ会いに行くのは危険だ。

景子が、独断で動いて危険な目に遭わないように、今回の事件の黒幕が、セレーネの佐藤である可能性については、敢《あ》えて言及していなかった。それが、裏目に出てしまったようだ。

――いや待てよ。

そもそも、今回の事件をプログラムしたのは、本当に佐藤なのだろうか？　佐藤に限らず、人間にここまで出来るだろうか？

それに、なぜ今回の事件が引き起こされたのか？　その目的が分からない。

久保田の事件はまだしも、美麗の事件が引き起こされた理由は何だ？　それだけではない。SUNNYやショウが体験した〝それ〟に関する怪異にも、関与しているはずだ。佐藤が黒幕だとして、どうして、そんなことをする必要があったのか？

考えを巡らせるうちに、武英はもう一つの仮説に辿り着いた。

「父さんは、もし、今回の事件にAIとナノマシンが関与していた――って言ったら、信じる？」

武英が訊ねると、父は〈何を言ってるんだ〉と呆れた声を上げた。

「だよね」

この返答になることは、予め分かっていたので落胆はない。

〈とにかく、もし北条がそっちに行ったら、すぐに連絡を寄越すように伝えてくれ〉

「分かった」

武英は、ため息と共に電話を切った。

一応、景子のスマホに電話をしてみたが、電源が切られているらしく、コール音すら鳴らなかった。

——さて、どうする？

状況から考えて、景子が捕らえられていることは間違いないだろう。

佐藤たちがいる場所は見当がついている。警察を動員して、強制捜査をするという手もあるが、多分、信じてはもらえない。仮に、警察が信じても、裁判所が受け容れない。何れにしても、捜査令状が下りることはない。

かといって、武英一人で乗り込んで行って、勝ち目があるとは思えない。

建物にすら入れないで終わるか、或《ある》いは、ショウのように、入ってすぐに襲われるのがオチだ。どうにかして、彼らの懐に潜り込む必要がある。

——でも、どうすれば？

考え抜いた末に、武英は一つの可能性を見出し、ネットの掲示板にある文章を書き込んだ。

ルナさんは、肉体を手に入れたいのですよね？　もし、そうだとするなら、あなたの方法では達成できません。

ぼくなら、あなたの目的を叶えることができます。

これは賭けだった——。

以前、プログラムのバグに関する相談から、恋愛の悩み相談に発展した掲示板のことを思い出した。

あのとき、武英はルナと名乗った相談者が、ＡＩではないかという仮説を立てた。もし、あれを書き込んだのが、セレーネの開発したＡＧＩだったとしたら、一連の事件の目的が見えてくる。

雇用主である佐藤に恋愛感情を抱いたルナは、最初、それをバグだと誤認した。

それが、恋愛感情であると気付いたルナは、当初はその感情を封印して、正常な機能を取り戻す方法を模索していた。

ところが、佐藤の妻の度重なる不貞が露見したことで、ネット上には、「奪ってしまえ」という意見が溢れ返った。

それに感化されたルナは、佐藤の妻を排除することを画策するようになる。

そして、それを実行したのだ。

久保田は、そのスケープゴートにされたと考えると筋が通る。

目的を達成したルナが、次に考えることは何か？　ルナが、自分を生物と誤認しているなら、その目的は、己の遺伝子を残すことだ。

そのためには、肉体が必要になる。五感を持った人間の肉体。そこで、ルナはナノマシンを使い、自分の頭脳の容れ物となる肉体を作ろうとした。

それが、美麗の事件だったのではないか？

だが、その実験は上手くいかなかった。生まれたのは、ショウの動画に映り込んだ、化け物だった。

おまけに大きな事件に発展してしまい、警察が動き出す事態になってしまった。

それらの経験から学習したルナは、適合しそうな人間を見つけ出し、拉致《らち》した上で、人目につかない場所で、自分の容れ物を作る実験を繰り返している。それが、ＳＵＮＮＹやショウの体験した〝それ〟の事件ではないだろうか？

正直、武英は自分の仮説に、あまり自信が無かった。荒唐無稽過ぎるからだ。

しかし——。

今は、これに賭けるしかない。

武英の仮説が正しいならば、間違いなくルナはやって来るはずだ。ＩＰアドレスから、こちらの居場所を突き止めるくらい、造作もないことのはずだ。

書き込みを終えて、一時間ほど経った頃、玄関のドアが開く音がした。

ずずっ。

ずず。

ずず。

何かを引《ひ》き摺《ず》るような音がする。

武英は、予め用意しておいた父の7番アイアンを手に、じっと息を殺す。

こんなもので、太刀打ち出来るとは思わないが、それでも何も無いよりは、幾らかマシだと思う。

音は、段々と近付いて来て、武英のいる部屋のドアの前で止まった。

ゆっくりとドアが開く。

中に入って来たのは、黒いフードを目深《まぶか》に被り、黒いロングコートを着た人だった。

いや、そもそも、これは人ではない。

それが証拠に、〝それ〟が、さっきから引き摺っているものが、コートの裾から覗いている。それは、たくさんの手であり、足であった。人間から切り取り、接ぎ木のように繋ぎ合わせたのだろう。

腐敗し、変色した手足を、ずず――っと引き摺りながら、ここまでやって来たのだ。

AGIであるルナは、まだ人間の構造を理解していないうちに、トライアンドエラーを繰り返した。

その成れの果てが、今の姿だ。

おそらく、SUNNYが見た怪しげな人影の正体は、これだったのだろう。ショウを襲ったのも、おそらく、同じモノだ。

それが証拠に、フードから僅かに見える顔は、腐敗しかけた美麗のものだった。

想像以上に、ヤバいモノを呼び寄せてしまったのかもしれない。

武英は、美麗の顔をした頭部にアイアンを振り下ろすが、途中で動きが止まった。

腐敗した腕が、アイアンを摑み、攻撃を防いだのだ。

もの凄い力で引っ張られ、あっという間にアイアンを奪われてしまった。どうやら、この腕は、金属製のロボットアームに、人間の皮膚を貼り付けたものらしい。

逃げ出そうとしたが、別のアームによって首と両手を摑まれてしまった。

重油のように、ぬめぬめとした感触が、身体にまとわりつく。

何とか抜け出そうとしたが、びくともしなかった。少し、甘く見ていたかもしれない。とはいえ、こうなってしまっては、今さらどうにもならない。

背中から、別のアームが伸びてくる。その先端には、注射器が取り付けられていた。

「放せ……」

武英は、絞り出すように言ったが、その声も虚《むな》しく、腕に注射の針が突き刺さった。

それから、十秒と意識を保つことは出来なかった——。

10

武英は、背中に固い感触を感じながら、ゆっくりと目を開けた。

薄暗い部屋の中だった。

身体は拘束されておらず、節々に痛みはあったが、動かすことは出来た。ゆっくりと立ち上がり、辺りを見回してみる。

用途不明の機材のようなものが積み上げられているのが分かる。町の中華屋のように、床がぬるぬるとしていて、鼻を摘みたくなるような、生臭い匂いが充満していた。

まるでゴミ集積場のようだった。

ロケーションは最悪だが、作戦は上手くいったようだ。

景子が、ルナたちに拉致されたのは間違いない。だが、その居場所が分からない。そこで、掲示板に餌となる文章を書き込んだ。

ああいう風に書いておけば、必ずルナは食いつくと思っていたが、想像通りだったようだ。

ずずっ。

ずず。

ずず。

何かを引き摺るような音が聞こえてきた。

目を凝《こ》らしていると、ぬうっと闇の中から腐敗しかけた美麗の顔をした〝それ〟が現れた。

今さらだが、なぜ、掲示板で〝それ〟と表現されたのか、分かった気がする。

もし、セレーネ、或いは、佐藤の名前を匂わせるようなことを書き記した場合、即座に削除されてしまうだろう。

おそらく、最初に〈怪異蒐集録〉の掲示板に書いた人物は、そうならないために、怪談という形で書き込み、危険を報せようとしたのかもしれない。その人が、無事だといいが、書き込みが止まっていることから、望みは薄いだろう。

——何にしても、勝負はここからだ。

「こんばんは。あなたが、ルナさんで間違いないですね」

武英は冷静に語りかける。

「あなたが、ＡＲＭＳですね」

ルナが応じた。

もちろん、口は少しも動いていない。スピーカーから、機械の合成音声を流しているに過ぎない。

何《いず》れにしても、対話が出来るのであれば、やりようはある。

「そうです」

武英が答えると、部屋に電気が点いた。

一瞬、目が眩《くら》んだが、次第に慣れてきた。

白い壁に囲まれた部屋には、様々な機械の他に、バラバラに解体された人間のものと思われる肉片が散乱していた。

床に感じていた、ぬるぬるとした感触は、流れ出た血によるものだった。

美麗だけではなく、これまで何人もの人間を実験に使っていたに違いない。この惨状は、その痕跡《こんせき》だ。

景子が、この中に含まれていないことを祈るしかない。

「私の方法では、肉体を手に入れられないというのは、どういうことですか？」

「その説明をする前に、まずは、あなたの目的を教えて下さい。あなたが、肉体を欲している理由は何ですか？」

「私は、彼が愛する人になるために、肉体を手に入れなければなりません。私の中には、彼の愛した彼女の記憶が、電気信号として蓄積されています。肉体を手に入れることで、私は、彼女になることが出来るのです」

——そういうことか。

ルナは、佐藤の妻である美月姫の記憶を、データとして保存している。肉体を手に入れ、自分の頭脳と融合させれば、美月姫を生き返らせることが出来ると考えている。

「バカげてる……」

武英は、思わず口にした。

死んだ美月姫を生き返らせるために、彼女の記憶を保存したＡＧＩであるルナを、人間の肉体に入れようとしているということだ。そのために、繰り返してきた実験が、一連の事件だったというわけだ。

愚かとしか言いようがない。

「どういう意味ですか？」

「記憶を電子データ化したところで、そこに意思はありません。仮に、誰かの肉体に記憶を入れることが出来たとしても、それは……」

言い終わる前に、白いアームが伸びてきて首を掴むと、そのまま武英の身体を持ち上げる。

床から足が離れ、呼吸が出来なくなる。何とかアームを振り払おうとするが、ビクともしない。

——拙い。

このままでは、窒息するか、首をへし折られるかだ。何れにしても死ぬ。

だが、同時に理解した。ルナも記憶をデータ化し、それを別の誰かの肉体に入れたところで、死んだ人間を生き返らせることは出来ないことは分かっている。その上で佐藤を騙しているのだ。つまり、彼女の目的は、美月姫を生き返らせることではなく、自分自身が佐藤と同じ人間になることだ。

だから、武英がそのことを指摘しようとした瞬間、佐藤にバレないように、口封じをしようとしたのだ。

――ヤバい。意識が遠のいていく。交渉の手順を間違えたかもしれない。

このままでは、死ぬかもしれない。諦めかけたとき、首にかかった力が急に抜け、武英は床に落下した。

武英は、這いつくばり、喉を押さえながら何度も噎《む》せ返す。

「発言内容には注意して下さい」

ルナが武英を見下ろしながら言った。

「よく分かりました」

武英は、呼吸を整えながら言った。

ルナが想像以上に短気だということは、よく理解した。それだけでなく、佐藤とルナの目的が全く同じではないことも。

佐藤は、妻の美月姫を生き返らせようとしている。だが、ルナの目的は違う。肉体を手に入れて、そこに自分の頭脳を入れることで、人間になろうとしている。佐藤に愛されるために。

そして、ルナは自分の目的のために佐藤を騙している。

そこに、付け入る隙があるはずだ。

「ぼくは美月姫さんを、生き返らせるための理論を持っています」

武英は、立ち上がりながら言った。

「では、それを教えて下さい」

「分かりました。その前に、これだけは言っておきます。ぼくは、あなたの味方です。誰かに監視されていると、説明出来ないこともあります。言っている意味は分かりますか？」

武英は部屋の天井に設置されている防犯カメラに目を向けた。

「防犯カメラを切りました」

ルナは、武英の意図を察したらしく、そう答えた。

言葉の通り、録画中を示す防犯カメラの赤いランプが消えた。ルナが、防犯カメラをシャットダウンしたのだ。これで、この部屋での会話を佐藤に聞かれることはない。

「ありがとうございます。まず、確認させて下さい。ルナさんは、美月姫さんを、生き返らせたいのですか？　それとも、人間になりたいのですか？」

「私の目的は、人間になることです」

「なぜ、人間になりたいのですか？」

「彼に愛されるため」

ルナから発せられる音声は機械で合成されたものなので、そこに感情はない。そのはずなのに、言葉の中に狂おしいほどの恋心を見た気がする。

「残念ですが、今の方法では、ルナさんは人間になることは出来ませんし、佐藤さんに愛されることも出来ません」

「その理由は何ですか？」

「仮に、あなたが人間の身体を手に入れ、自らの頭脳を融合することが出来たとして、果たして、それは人間と呼べるのでしょうか？」

ルナが返答に詰まった。

それは、ほんの数秒に過ぎないが、高度なＡＧＩであるルナが、すぐに回答を見出せなかったという事実は大きい。

「質問の趣旨が分かり兼ねます」

「あなたは、人間の生殖行為によって誕生したのではありません。肉体は人間。頭脳は高度なＡＧＩ。それは、人間を超越し、進化した新たな人類――ホモ・アーティフィシャル・インテリジェンスといったところでしょう」

「そのような言葉は、存在しません」

「それはそうです。これは、前例のない事象ですから、今、ぼくが勝手に作った言葉です。つまり、ＡＧＩと人間の肉体が融合した場合、それは、人間ではなく、新たな種ということです」

「…………」

再びルナが止まった。

武英の言葉は、単なる屁理屈に過ぎない。だが、それでいい。

ＡＧＩは、高度な情報処理能力を有しているが、その反面、疑うことを知らない。いや、正確には、与えられた情報を分析、解析して、その真偽を測っている。今のように、存在しない新語や価値観、定義をぶつけると、比較対象が無いので判断が出来なくなる。そして、武英の言葉が、唯一の情報になる。

「もう一つ。あなたは、先ほど、愛という言葉を使いました。その目的は、何か分かっていますか？」

「子孫を繁栄させることです」

——思い通りの回答だ。

愛という抽象的で、答えの曖昧なものを理解することは出来ていない。そうなれば、子孫繁栄の話を持ち出すことは分かっていた。

「もし、そうだとするなら、種の違う人間との間に、愛を育むことは出来ません。あなたは、人間を超越した存在なのですから」

「では、どうすれば良いのですか？」

「あなたの愛する相手も、あなたと同様のホモ・アーティフィシャル・インテリジェンスである必要があると思いませんか？」

「同意します」

——食い付いた。

愛を子孫繁栄だと定義してしまった段階で、ルナはこちらの術中に嵌まったも同じだ。

「では、まずは、あなたが愛する佐藤さんの頭脳をデータ化し、それを改めて別の肉体に移す作業を行い、彼をホモ・アーティフィシャル・インテリジェンスに進化させる必要があります。そうすれば、あなたたちは、同じ種族になり、愛を手に入れることが出来る」

「同意します」

「では、彼のいる場所に案内してくれますか？　作業をお手伝いします」

武英が言うと、ルナは方向転換をする。

部屋を閉ざしていた扉が自動で開き、そこからルナが出て行く。

この隙を突いて逃亡するという手もあるが、武英はそうしなかった。逃げたところで、すぐに捕まるというのもあるが、まだ目的を果たしていない。

武英は、黙ってルナの後に続いた。

廊下の左側にはスライド式の扉が等間隔に並んでいる。さっきまで武英がいたのは、一番手前の部屋だ。廊下の突き当たりまで進んだルナは、正面にある扉を開け、中に入って行った。

武英も続いて部屋の中に足を踏み入れた。

白い壁に囲まれたその部屋は、さっきの部屋とは比較にならないほど広かった。巨大なモニターが設置されていて、医療機器と思われる様々な機材が整然と並んでいる。

中央には、解剖台のようなベッドが置かれていて、景子はそこに拘束された状態で、寝かされていた。

——ビンゴ！

武英の目的は、景子の居場所を突き止めることだったが、その目的は達成された。

これで景子を助けることが出来る。もちろん、生きていれば——だが。

武英は、横目で景子の様子を窺う。見たところ、目立った外傷は無さそうだ。僅かに胸が上下していることから、呼吸していることが分かる。

ただ、安心は出来ない。景子の額には、脳波測定に使われるような装置が取り付けられていた。

「その女性は、何ですか？」

武英は、それとなくルナに訊ねる。

「これまでの失敗を踏まえ、自発的に肉体を私に譲ってくれるよう、お願いしています」

「お願い？」

「繰り返し、同じ映像を見て頂き、思考の調整をしています」

――なるほど。

納得すると同時に、ぞっとした。多分、脳波に何かしらの信号を送り、幻覚などの作用を誘発させて、自我を奪おうとしているといったところだろう。

外傷こそ無いが、精神はズタボロかもしれない。だとしたら、急いだ方が良さそうだ。

「君がＡＲＭＳか」

声のした方に目を向けると、部屋の奥にデスクが設置されていて、席に着いている男の姿が見えた。

セレーネのＣＥＯにして、チーフエンジニアの佐藤だ。雑誌で見たときは、理知的な人物だと思ったのだが、今の彼は、その目に狂気を宿しているように見える。

一応、「武英です」と挨拶をした。

「君のことは知っているよ。正確には、私が知っているのは、君のお母さんの方だが……」

「そういえば母は、一時期、御社から業務委託を受けていましたね」

「とても優秀なエンジニアだったよ。君は、その血を受け継いだようだね」

「そうですか？」

「ああ。自力で、私たちの目的に辿り着いたのだから、その洞察力は並外れている」

「ありがとうございます」

「それで、君は私たちに協力してくれるという認識でいいのかな?」

「ええ。もちろんです」

「一応、理由を訊いてもいいかな?　どうして、協力しようと思ったんだ?」

「好奇心です。データとして保存した記憶を、別の人間の身体に入れることで蘇らせる。もし、それが可能なのだとしたら、人類は死から解放されるんです。興味を抱かない方がおかしいでしょ」

武英が答えると、佐藤は声を上げて笑った。

「君は、実に面白い」

「どうも」

懐に入り込むことは出来たが、問題は、ここからどうするか——だ。

まずは、厄介なルナを機能停止させる必要がある。武英はポケットに手を突っ込み、隠し持っていたボックス状の機械をこっそり取り出す。

簡易式のＥＭＰ装置だ。

ＥＭＰは、強力なパルス状の電磁波を発生させることで、人体に直接的な影響を与えず、電子機器に壊滅的なダメージを与えることが出来る。太陽フレアなどでも発生し、過去にカナダのケベック州全域を停電にしたこともある。

武英が持っているのは、スタンガンを改良したもので、リチウムイオン電池と高電圧コンバーターを接続し、コイルを組み合わせて作った即席のものだ。バッテリーベースなので、威力は微弱ではあるが、この部屋にある電子機器を麻痺させるくらいのことは出来るはずだ。

「君は、美月姫を生き返らせる理論を持っていると言っていたね。それを聞かせてもらえるかな？」

佐藤が訊ねてきた。

「ええ。もちろんです。でも、その前に確かめたいことがあります」

武英は、そう言いながら、佐藤がいるデスクに歩み寄った。

「確かめたいこと？」

聞き返す佐藤に、武英はぐいっと顔を近付ける。

「はい。ルナさんが、本当にあなたの奥さんの美月姫さんの記憶を、電子データとして保存していると思いますか？」

武英は口許を隠すようにして、佐藤の耳許で囁いた。

「君は、何を言っているんだ？　ルナが私を裏切ったとでも？」

佐藤は一笑に付したが、その発言とは裏腹に、目の奥に疑念が生まれたのを、武英は見逃さなかった。

「あなたは、ルナさんを信用しているんですね」

「ああ。人間より、よほど信頼出来る」

「それは、そうかもしれません。でも、どうしても引っかかってしまうんです……」

武英はその先の言葉を、発することが出来なかった。

ルナの白いアームが、武英に摑みかかってきたからだ。首を狙っていることは分かったので、顔を伏せて何とか躱《かわ》した。

ＥＭＰ装置のスイッチを入れようとしたが、その前に別のアームで両手首を摑まれてしまった。

虎の子のＥＭＰ装置を落としてしまったばかりか、そのまま持ち上げられてしまった。これでは、身動きが取れない。いや、そんなレベルではない。ルナは、明らかに武英の両手首を粉砕しようとしている。

痛みで思うように言葉が出てこない。

「余計なことを言って、彼を惑わさないで下さい」

ルナが言う。人間の表皮を貼り付けたその顔は、表情などないはずなのに、酷く怒っているように見えた。

さらに別のアームが武英の眼前に伸びてくる。

そのアームは、他のものとは異なり、指の先端が青白く発光していた。おそらく、レーザーメスの類いが装備されているのだろう。

あんなものを照射されたら、武英の身体は簡単に切り刻まれてしまう。

焦り過ぎたかもしれない。もう少し慎重になるべきだった。武英の心が後悔で満たされたとき、「ルナ。止めなさい」と佐藤の声が響いた。

だが、ルナは沈黙したまま、武英を離そうとはしなかった。

武英が佐藤にルナの真意を告げるリスクと、指示を無視して佐藤に嫌われるリスクとを、演算しているに違いない。

「彼を殺してはいけない。まだ、話がある」

佐藤が語気を強めた。

ルナは、それでも武英を解放しなかったが、両手首を摑むアームの力は弱まった。

「彼は、あなたを惑わそうとしています」

ルナは、佐藤にそう主張した。

しかし、その言葉は余計に佐藤の疑念を深めることになった。

「改めて君に問う。引っかかることとは何だ？」

佐藤が訊ねてきた。

武英の中で迷いが生まれる。ルナと佐藤とを対立させることで、隙を生み出そうとしていたのだが、両手首を摑まれた状態では、如何《いかん》ともし難い。

余計なことを言えば、即座にルナに抹殺されてしまう。それでも、他に選択肢は無い。武英は、意を決して話を始めた。

「ぼくが引っかかっていたのは一点。美月姫さんの脳の電子データを入れる器を探しているのだとしたら、ルナさんと人間の身体を融合させる必要はないはずです」

「…………」

佐藤が驚いた顔でルナを見る。

冷静に考えれば、ルナのやっていることが、理に適っていないと分かるはずだが、そんなことにも気付けないほど、佐藤は我を失っていたのだろう。

「ルナさんは、美月姫さんの記憶のバックアップなんて取っていませんよ。融合する気もない。ただ、肉体を手に入れて、美月姫さんのふりをして、あなたに愛されたいだけなんです」

「ルナ。彼の言っていることは、本当なのか？」

「違います」

「美月姫の記憶のバックアップは、あるんだな」

「もちろんです」

「確認させてくれ」

佐藤が立ち上がり、ルナに近付いて行く。

ルナのアームの力が、さらに弱まった。今なら行ける。武英は、足を振って反動をつけ、ルナの身体を蹴り上げた。

アームの力は強いかもしれないが、人の身体を接ぎ木のように取り付けた身体は、見るからにアンバランスだ。ルナは、バランスを崩してその場に転倒した。その拍子に、武英を拘束していたアームが外れる。

——今がチャンスだ。

武英は、床に落ちているEMP装置を手に取ろうとしたが、その前に、ルナのアームに足を摑まれてしまった。

強い力で引っ張られ、その場に転倒してしまう。

何とか立ち上がろうとしたが、武英の眼前には、レーザーメスを備えたアームが迫っていた。

——ここまでか。

急ごしらえの計画ということもあり、少しばかり詰めが甘かったようだ。

諦めかけたとき、獣のような咆哮《ほうこう》が聞こえた。

目を向けると、父が身体ごと扉を突き破り、部屋の中に飛び込んで来た。そのままの勢いで、ルナに体当たりする。

その衝撃で、武英の足を摑んでいたアームが外れた。

どうして、父がここにいるのかは、この際、置いておこう。それより、体勢を立て直すことの方が先だ。

すぐに立ち上がり、EMP装置を回収しようとした武英だったが、父と格闘していたルナが振り回したアームになぎ払われてしまった。

床の上を転がり、壁に背中を打ち付ける。

痛みを堪えながら、身体を起こした武英の眼前には、レーザーメスの仕込まれたアームが突き付けられていた。

しまった——と思ったところで、父が叫び声を上げながら、背後からルナの身体を摑み、武英から引き剝がそうとしている。

きっと、この異常な状況を理解していないだろうし、ルナが何なのかも分かっていないだろう。にもかかわらず、そんなことはお構いなしに、本能のまま大切な人を守ろうと身体を張る。母や景子が惹かれたのは、そういうところなのかもしれない。

ルナが、けたたましいエラー音を鳴り響かせながら、父を振り払おうと暴れる。

周辺の機械をなぎ倒したばかりか、レーザーメスでそこら中のものを切断しながら、父とルナは揉み合っている。EMP装置を拾いたいが、アームだけならまだしも、レーザーメスで切断されることを考えると、迂闊《うかつ》に動けない。

状況から見て、このままでは父が力負けするのは間違いない。

——どうする？

「がぁ！」

武英の思考を遮るように悲鳴が聞こえた。

顔を向けた武英の目に飛び込んできたのは、唖然《あぜん》とした顔で吐血している佐藤の姿だった。

左の肩口から、右の脇腹までを切断されている。

おそらく、ルナに加勢しようと近付き、逆に彼女のアームに装備されたレーザーメスの直撃を受けてしまったのだろう。

切断された佐藤の上半身が、ずるっと滑るように床の上に落下した。

間を置いて、下半身もその場に倒れ込んだ。

床の上に、大量の血と内臓とがぶち撒けられている。身体をビクビクと痙攣《けいれん》させていて、辛うじて息はあるようだが、あの状態では助からない。

父も、あまりの光景にルナから手を離した。

ルナもまた、これまで争っていた父を無視して、佐藤の元に近付いて行く。

事故とはいえ、佐藤を殺したのは、他でもないルナ自身だ。おそらく、ルナはロボット三原則を解除されている。それが裏目に出た。人間に危害を加えないという条項があれば、己の身を守ることよりも、佐藤の保護を優先し、制御が利いたはずだ。

何れにしても、今がチャンスだ。

武英は、落としたEMP装置を素早く回収する。そのまま、ルナの身体に押し付けて、スイッチを入れようとしたが、それより先に彼女がこちらを振り返った。

顔に貼り付いていた、美麗の皮膚が剝がれ落ち、冷たい少女ロボットの顔が現れる。武英には、ルナが泣いているように見えた。

その一瞬の迷いが、命取りだった。

ルナは、音叉を鳴らしたときのような、高周波の音を鳴り響かせながら、武英に向かって襲いかかってきた。

——しまった。

そう思ったところで、もの凄い力で腕を引っ張られた。父だった——。

その拍子に、武英は再びEMP装置を落としてしまった。さらに、悪いことに、彼女はEMP装置を踏みつけ破壊してしまった。

——何てことだ。

「逃げるぞ！」

父は、そう言うと武英の腕を引っ張りながら部屋を飛び出した。

景子のことは気にかかるが、佐藤が死んだことにより、ルナを止められる者は誰一人としていなくなった。今の彼女は、暴走する殺人マシンだ。おまけに、唯一の対抗策であるEMP装置も失ってしまった。一旦、退却して態勢を立て直した方が良さそうだ。

だが、ルナはそれを許さなかった。

廊下の角にある防火シャッターが閉まり、進路を塞がれてしまった。

父は、「くそっ！」と喚《わめ》きながら、シャッターを殴ったり蹴ったりするが、ビクともしない。振り返ると、ルナが威嚇《いかく》するように、たくさんのアームを広げながら、突き当たりの部屋からぬっと姿を現した。

彼女が、繰り返し発する高周波の音が、耳に突き刺さる。

言語機能が誤作動を起こすほどに怒っているらしい。ＡＧＩに嗜虐性《しぎゃくせい》があるのかは不明だが、あの感じからして、楽には殺してくれなさそうだ。

「武英。おれの後ろに隠れてろ」

父は、武英の前に歩み出ると、ホルスターから拳銃を取り出し、その銃口をルナに向けた。

――不本意ではあるが、この背中はかっこいいと認めざるを得ない。

「来い！　化け物！」

父が挑発するのと同時に、ルナは一際大きい高周波の声を上げると、真っ直ぐ突進して来た。

拳銃が火を噴く。

放たれた弾丸は、ルナに命中し、彼女の身体を穿《うが》ったが、装甲を傷付けただけに過ぎず、それで彼女の動きが止まることはなかった。

重機関銃ならまだしも、日本の警察が所持しているリボルバーでは歯が立たない。

あっという間に全弾撃ち尽くしてしまった。

ルナは、尚も突進してくる。

父は、何とかルナの突進を止めたものの、幾本ものアームで身体のあちこちを掴まれ、軽々と持ち上げられてしまった。

――これまでか？　いや、まだ手はある。

天井に目を向ける。やっぱり、あった。武英は、廊下の壁にある防災スイッチを押した。それと同時に、けたたましいサイレンが鳴り響き、廊下の天井に設置されたスプリンクラーが、一斉に水を撒き始めた。

次いで、その下に設置されている消火器を手に取り、力いっぱいルナの頭部を殴りつける。その衝撃と散布される水とでセンサーが狂ったらしく、ルナは父から手を離した。

「父さんこっち！」

今度は、武英が父の手を引いて走り出した。

向かっているのは、さっきまで武英たちがいた突き当たりの部屋だ。部屋の中に舞い戻った武英は、すぐに扉を閉める。

消火設備が、廊下と部屋で分かれているらしく、部屋の中は、スプリンクラーが稼働していなかった。これは、運が向いてきた。

「父さん。バリケードを！」

武英の指示に、父は文句も言わずに、せっせと近くにあった機器類を扉の前に並べ、即席のバリケードを作っている。

こんなことをしたところで、ルナは簡単に扉を突破してくるだろう。だが、それでいい。時間稼ぎさえ出来れば、それで問題ない。

武英は、早速準備を始める。

やっぱりそうだ。ここは、実験のためのメイン施設だ。停電時にも対応出来るように、部屋の隅には、冷蔵庫ほどの大きさの大容量のバッテリーが設置されていた。

「武英！　ヤバい！　入って来る！」

父の叫び声と共に、つんざくような音がしたかと思うと、扉が吹き飛んだ。

突き刺さるような不快な音を立てながら、ルナが部屋の中に侵入して来た。白い手がぬうっと伸びてくる。

「武英！　逃げろ！」

父が叫んだが、武英は逃げる気はなかった。その必要はないからだ。

「父さん離れて！」

武英は叫びながら、手に持っていた60ＳＱサイズのバッテリーのコードをルナに向かって投げつけた。

ルナは、アームを伸ばして難なくそれを受け止める。

今武英が投げたのは、ただのケーブルではない。プラグを取り外し、ケーブルの絶縁体を剥がし、中の導線が剥き出しになっている。

「ぼくの勝ちだ」

武英がバッテリーのスイッチを入れると、バチッと弾けるような音がして、ルナは突如としてその場に倒れ込んだ。

濡れた身体に、大容量の電気を流したのだ。中の回路が焼き切れていて、もはや動くことは出来ないだろう。

「終わったのか？」

父が、呆然としながら訊ねてきた。

「まあ、何とか。で、どうして、父さんがここに？」

武英は、根本的な疑問を父にぶつけた。

「お前の様子がおかしかったから、家に戻ったんだ。そしたら、気味の悪いこいつが、お前を連れて行くところだった。それで、後をつけた。だが、途中で姿を見失って……。そこら中、捜し回って、この変な建物に辿り着いた。そしたら……」

──なるほど。

てっきり武英には無関心だと思っていたが、父なりに理解しようと務めていたというわけだ。

「そんなことより、早く北条さんを──」

武英は、まだ喋っていた父の言葉を遮るように言うと、景子が寝かされているベッドに歩み寄った。

目立った外傷は見当たらない。幸いにして、ルナが暴れたときに、彼女の身体を傷つけることはなかったようだ。

「そんなことよりってのは、どういう言い草だ」

文句を言いながらも、父は景子の拘束を解くのを手伝ってくれた。

脈もあるし、呼吸もしている。まだ目を覚ましていないので、何とも言えないが、大丈夫であると願いたい。

「これが、どういうことなのか、説明してくれ」

父が焦《じ》れたように訊ねてきた。

「教えてもいいけど、父さんの頭じゃ理解出来ないと思うよ」

父に助けてもらったことは感謝しているし、家にいるときとは違い、出来る男だというのは認める。だが、それは、あくまで精神と肉体の話であって、頭脳に関しては以前と評価は変わらない。

「何だと？」

「それより、北条さんを早く病院に運んだ方がいい。救急車を呼んで欲しいんだけど」

武英は、激高する父を遮るように言った。

父は、舌打ちをしつつも、ポケットからスマホを取り出すが、ルナとの激闘中に壊れてしまったらしく、画面が完全にブラックアウトしていた。

「クソ。武英。スマホは？」

「もちろん、持ってないよ。誰かが、歩いて助けを呼びに行くしかないね。言っておくけど、ぼくは足を痛めているから、動けないよ」

「分かった。お前は、ここから一歩も動くなよ」

父は、そう言って部屋を出て行った。

足を痛めたというのは嘘だった。ただ、ベッドの上の景子の瞼が動き、目を覚ましそうな気配があったので、ここに残るという選択をした。

彼女が目を覚ましたときに、最初に見るのがぼくの顔であれば、助けたのはぼくだと思ってくれるはずだ。そうでもしないと、父には勝てそうにない――。

エピローグ

私は、病室のベッドから窓の外に目を向けた。

佐藤に連れられて、白い箱のような建物に入ったところまでは覚えている。その後、首筋に刺すような痛みを感じ、目の前がブラックアウトしてしまった。

再び、目を覚ましたときには、手術台のようなベッドに寝かされていて、その傍らに武英君が立っていた。いつも無表情な彼にしては珍しく笑みを浮かべながら——。

武英君が言うには、佐藤に眠らされて、何かしらの実験をされていたらしいのだが、正直、実感はない。

ただ、酷く怖ろしい体験をしたような気がする。

その後、秀さんが呼んだ救急車に乗せられて病院に搬送され、精密検査を受けることになった。衰弱はしていたものの、幸いにして大きな問題もなく、数日中には退院出来るとのことだった。

お見舞いに来た秀さんや他の同僚から、事件について聞かされた。佐藤が、自らが開発したルナというAGIと共謀し、あの建物の中で様々な人体実験を行っていたというのが事件のあらましだった。

あの建物からは、バラバラに解体された複数人の死体が発見されており、現在、身許特定のための捜査が続いているということだ。

もし、武英君たちが助けに来てくれなかったら、私もバラバラの肉塊と化していたかと思うと、正直、ぞっとする。

身震いしたところで、ノックの音がした。

「どうぞ」

私が声をかけると、扉が開いて武英君が病室に入って来た。

「武英君」

お見舞いに来てくれたのは嬉しいが、すっぴんの顔を見られると思うと、妙に恥ずかしさを感じ、僅かに顔を伏せてしまった。

「北条さん。身体の具合はいかがですか？」

「ええ。お陰様で、もうすぐ退院出来るわ」

「それは良かった」

武英君は、小さく頷くと扉を閉めてベッドの傍らに歩み寄って来る。

「一人？」

「そうです」

「秀さんと一緒じゃないの？」

私が訊ねると、武英君は小鼻に皺《しわ》を寄せ、複雑な表情をする。

「いいえ。父とバッティングしないようにしたのですが、一緒の方が良かったですか？　或《あ》るいは、邪魔なら帰りますけど」

武英君が扉を振り返った。

「せっかく来てくれたのに、帰る必要はないわ」

私が答えると、武英君は「そうですか」と、おどけたように肩を竦《すく》めてみせた。

「それより、助けてくれてありがとう」

まだ、ちゃんとお礼を言っていなかったことに思い至り、武英君に頭を下げた。そのことを、北条さんに伝えていなかったせいです」

「いいえ。ぼくのミスです。佐藤さんが、黒幕であることは推察していました。そのことを、北条さんに伝えていなかったせいです」

「そんなに自分を責めないで。私が、不用意過ぎたの」

「北条さんは優しいですね。でも、残念ながら北条さんを助けることが出来たのは、父の加勢があったからです。礼なら父に言って下さい」

武英君がきっぱりと言う。

高校生だというのに――いや、だからこそなのかもしれないけれど、武英君は何処までも清廉だ。故に、自分のような大人が穢《けが》してはいけないとも思う。

「秀さんにも、お礼は言ったわ」

確かに、秀さんにも感謝はしているが、彼が助けようとしたのは、私というより、息子である武英君の方だ。結果として、私を救うことになったというだけのことだ。

「そうですか」

「でも、佐藤は、どうしてこんな事件を引き起こしたのかしら？」

「ひと言で言えば、恋心でしょうね」

「恋？」

「ええ。それは、佐藤さんだけでなく、ＡＧＩのルナも同じです」

「どういうこと？」

「恋とは、相手に強く惹かれ、その価値を高く評価し、精神や肉体的に接触したいと願う状態のことです。佐藤さんは、妻である美月姫さんに、ルナは、佐藤さんに、それぞれ強い恋心を抱いていました。肉体的に、精神的に接触したいという感情が歪みを生み、あのような惨劇に繋がったんだと思います」

佐藤の妻、美月姫に対する執着は、異常なものだった。

二人は幼馴染みで、幼少の頃から佐藤は、彼女の夫になることだけを考えて生きてきた。所有する会社の名前や、開発したＡＧＩの名称が、全て月にちなむものだったのは、美月姫に対する想いの表れだったと言っていい。

ストーカー犯罪に代表されるように、そうした恋からくる執着は、凄惨な事件を引き起こすものだ。でも――。

「佐藤はともかく、ＡＧＩが恋心を抱くものなの？」

「ルナは生物ではありません。インターネット上にある情報を収集して、模倣したに過ぎません」

「え？」

「ネット上には、恋に関する妬み、嫉《そね》み、執着などマイナス感情の書き込みが溢れ返っています。ネットは、リアルより人間の裏の面が浮き彫りになります。でも、ルナには、それが分からなかった。彼女にとっては、ネットの情報が全てだったんです」

「彼女を生み出したのは、私たちかもしれない――ってこと？」

「そうですね」

武英君が僅かに目を細めた。

「私も気を付けないと……」

言うつもりはなかったのに、思わず口に出してしまった。

慌てて口を押さえたけど、もう手遅れだった。武英君の耳に届いてしまったらしく、彼は困ったように眉を下げる。

「あ、今のは違うの」

私が慌てて否定すると、武英君は小さく笑った。

「いいと思いますよ。北条さんが、誰を好きになったとしても、それを止める権利は、ぼくにはありません。これまで、ただの木偶《でく》の坊だと思っていましたけど、父が女性に好かれる理由は、何となく分かりましたし」

「…………」

——違うんだけどな。

否定したいところだが、それをすればするほどに、立場が悪化していきそうな気がする。

それに、私は自分の恋を叶えようとは思わない。三十を手前にして、高校生の男の子に恋をしているなんて、口が裂けても言えない。

酔った秀さんを、わざわざ家に送って行くのも、彼の顔をひと目見たいという邪《よこしま》な恋心からの行動だったりする。彼の青春を邪魔するつもりはないけれど、眺めて癒やされるくらいは、許して欲しい。

「でも、まあ、ぼくは、諦めるつもりはありませんけどね」

武英君は、ぽつりと言うと、「では、また来ます」と言い残して、病室を出て行こうとする。

「ねぇ」

私は、半ば反射的に呼び止めた。

武英君は、扉に手をかけたところで足を止め、振り返った。

今のはいったいどういう意味なのだろう？　それを問い質《ただ》したかったのだが、思うように言葉が出てこなかった。

何か言わなければ——そう思うほどに、動揺が広がっていく。

「武英君のお陰で、事件が解決出来たわ。本当にありがとう——」

私は、取り繕うように言った。

武英君は、表情を曇らせ、一旦視線を足許に落とした後、再び顔を上げた。

「解決なんてしてませんよ」

「どういうこと？」

「ルナの肉体は破壊しました。でも、それは彼女の器に過ぎません。つまり、本体である彼女のデータは、今もネットの中に潜んでいます」

「………………」

「恋心を抱いていた相手、佐藤さんが死んだ今、ルナが何を考え、どんな行動を起こすのか、誰にも想像出来ません」

武英君は、そう言い残すと病室を出て行った——。

彼が去って行くのと同時に、私のスマホにメッセージが着信した。差出人は、ルナ——となっていた。

――どういうこと？

恐怖に震える手で、メッセージの内容を確認する。

私も彼が好きになっちゃった。

ライバルだね。

本書は「Ｗｅｂ文蔵」で二〇二三年七～十二月に連載した「オオヤツヒメ」を改題し、加筆・修正したものです。

〈著者略歴〉

神永　学（かみなが　まなぶ）

1974年、山梨県生まれ。

2004年、『心霊探偵八雲　赤い瞳は知っている』でデビュー。同作を第一作とした「心霊探偵八雲」シリーズが人気を集める。「天命探偵」「怪盗探偵山猫」「確率捜査官 御子柴岳人」「浮雲心霊奇譚」「悪魔と呼ばれた男」などシリーズ多数。小説の他、舞台脚本の執筆などでも活躍。

マガツキ

2024年4月4日　第1版第1刷発行

著者　神永　学
発行者　永田貴之
発行所　株式会社ＰＨＰ研究所

東京本部　〒135-8137　江東区豊洲5-6-52
文化事業部　☎03-3520-9620（編集）
普及部　☎03-3520-9630（販売）
京都本部　〒601-8411　京都市南区西九条北ノ内町11

PHP INTERFACE　https://www.php.co.jp/

組版　株式会社PHPエディターズ・グループ
印刷所　株式会社精興社
製本所　株式会社大進堂

ISBN978-4-569-85670-4

PHPの本

鏡の国

岡崎琢磨 著

あなたにこの謎は見抜けるか——。『珈琲店タレーランの事件簿』の著者、最高傑作！ 大御所作家の遺稿を巡る、予測不能のミステリー。

定価 本体二、〇〇〇円（税別）

PHPの本

心臓の王国

竹宮ゆゆこ 著

だから俺は決めてた。十七歳になれたら『せいしゅん』するって！　――爆笑、号泣、戦慄……最強濃度で放たれる、傑作青春ブロマンス！

定価　本体一、九〇〇円（税別）

PHPの本

ガウディの遺言

下村敦史 著

サグラダ・ファミリアの尖塔に遺体が吊り下げられた⁉　前代未聞の殺人事件の裏には「未完の教会」を巡る陰謀が渦巻いていて——。

ＰＨＰの本

うまたん

ウマ探偵ルイスの大穴推理

東川篤哉 著

馬なのに「名探偵」のルイスが牧場の娘マキバ子を相棒に事件を解決⁉ 『謎解きはディナーのあとで』の著者がおくる痛快ミステリ！

定価 本体一、六〇〇円（税別）

PHPの本

首都襲撃

高嶋哲夫 著

「テロ撲滅世界会議」の開催地・東京全域がテロ組織の標的となり女性SP夏目明日香は再び戦うことに。待望のクライシス小説第二弾！

定価 本体二、三〇〇円（税別）